本书由陕西

萌生

MENGSHENG

李毅帆◎著

陕西新华出版

太白文艺出版社·西安

图书在版编目（CIP）数据

萌生 / 李毅帆著. -- 2版. -- 西安：太白文艺出
版社，2017.9（2024.1重印）
ISBN 978-7-5513-1231-8

Ⅰ.①萌… Ⅱ.①李… Ⅲ.①长篇小说－中国－当代
Ⅳ.①I247.5

中国版本图书馆CIP数据核字(2017)第180104号

萌生
MENGSHENG

作　者	李毅帆	
责任编辑	李　玫　姜　楠	
整体设计	前程印务	
出版发行	太白文艺出版社	
经　销	新华书店	
印　刷	三河市嵩川印刷有限公司	
开　本	787mmx1092mm　1/32	
字　数	114千字	
印　张	5.5	
版　次	2017年9月第2版	
印　次	2024年1月第2次印刷	
书　号	ISBN 978-7-5513-1231-8	
定　价	36.00元	

一 次 旅 行

1

火车慢慢启动,奔向远方的地平线。我和你坐在车上,看不见前方的道路。窗外的景物急速向后退去,车内一片喧闹。

看着身边的你,我不敢相信你和我已经在旅程的路上。一切来得太突然,我感觉像是一场梦,唯独你的微笑如此温暖。我知道我没有在梦中。我们相识不到十天,没有过一次长谈,在这期间,只见过两三次,每次都是以我的拘谨开始,慌张结尾。在你面前,我总是感到紧张,说话语无伦次,其实我只是想在你面前表现一个完美的我,结果却相反。你说你看出了我的慌张,但是你却没有说出我慌张的缘由。你是一个聪明的女孩,或许你根本没有注意到这点,我对你是喜欢的。

2

平安夜，你请我吃饭，你说有人想约你，但你拒绝了。你说得风轻云淡，但在我心里激起阵阵涟漪，我硬是把快要说出的话憋进肚子里。我低头吃饭，你看不到我的表情，我连连说着饭好吃，只是想掩饰我的尴尬。你说平安夜是不能和人随便吃饭的，但是我例外，因为你知道我对你没有想法。那一刻我难过到了极点，我知道你说的想法指的是什么。或许是陷入了回忆里，你不再言语，场面安静了下来。我不知道该说些什么，只是狠命地嚼着饭，想快快结束这样的谈话。

我想带你去参加朋友的婚礼，你说事情来得太突然，你还没来得及准备。接着又有人想要你参加晚会看他的节目，你很矛盾，感到纠结。你突然对我说，这个人是对你有想法的。我没有说话，我不知道该说些什么好，准备好说服你跟我走的言词都显得苍白，我以为你是非去不可的，因为在我看来，善良的你是不会拒绝别人的邀请的，何况你在认识我之前先认识他。

你没有吃几口饭，你只是单纯地请我吃饭，因为在这之前我请你唱过歌。我以为在这之后我们不会再像现在一样面对面地吃饭了，我没有了约你出来的理由。我们还不是朋友，只是认识。接下来的沉默，让我有些不知所措，我突然感到吃饭是件很艰难的事。你就坐在我对面，距离不到一米，我能清晰地看到你的脸，甚至你长长的睫毛，那一刻的你好美。我继续说着想要带你走的理由，只是为了避免我们没话说的尴尬局面，其实我不抱有任何希望。你突然说让你好好考虑下。你认真的表情让我有了期待，但仅仅片刻之后便没有了那种感觉。

你答应了我的邀请，你说你愿意和我去参加我朋友的婚礼。你问我怎么没有表现出高兴的样子，你不会想到我的心里有多么惊讶，我已经忘了要表达我的感受了。一路上我不停地问你我是不是在梦中，我不敢相信你会拒绝别人的邀请跟我去一个陌生的地方。对于你来说，陌生的不仅仅是即将要去的地方，还有身边的我。你说你朋友说，如果你相信我就去，不相信就不要去，你选择了前者。我突然感到了信任的力量，更感到了肩上的责任。

<h1 style="text-align:center">3</h1>

　　长长的旅途因为有你而变得快乐，四个小时之后，我们到达了一个全新的地方。已是深夜两点。北方的天，自然会很冷。我对你是内疚的，朋友临时改变主意没有来，我们只好寄宿在一间小旅馆。旅馆的环境让我更是感到有点委屈你，你一直说挺好。我知道你是为了让我心里好受些，善良的你是不会在我面前抱怨的。旅馆的环境糟糕极了，连我都不想入住，但是你却做好了休息的准备。你说只是住几个小时，没关系的，你还劝我不要介意。你说得很自然，让我感觉你反客为主了。

　　住宿在这样的环境，我自然是睡不着的。你显然有些累了，为了让你能够休息，我努力地想要自己睡着，结果却适得其反。多亏了你的照顾，让我能够很快入眠。我感受到了你的温柔，你是如此的细心，你不知道你的小举动在我心里掀起了怎样的巨浪，我假装自己睡着，只是为了你能赶快入睡。身边的你呼吸变得均匀，你睡着了，我心里五味杂陈怎么都无法入眠。旅馆的环境有些诡异，但是有你在身边，我感到很踏实。

4

朋友的婚礼结束了,我和你也要离开了,他误以为你是我女友,说着一些祝福的话语,这一次你没有反驳。其实我对你是说了谎的,之前朋友在我面前夸奖说你女朋友真漂亮的时候我选择了沉默。我是藏有私心的,我希望借他吉言能够成真。我害怕你纠正朋友的说法,但是你没有,你始终微笑着。这让我想起了早上我们一起去理发店洗头的情景,大家都以为你是我女友,都在夸奖我找了一个漂亮的女友,我一样选择了沉默,你却解释说我们只是同学。你扭头对我说大家都把我们误会了,但你觉得没必要解释了,因为我们本来就不是。我的心忽地疼了一下,你不知道我心里有多么难受,虽然大家还是自顾说着,但我已听不清具体在说些什么了,我只想快快逃离理发店,我只想继续沉浸在这种表面的虚假中。

我想要带你参观这座城市,但是因为天太冷了,北方的冬天,夜晚降临得更快,我只好放弃。你说你不会再来这里了,也许还会,不过都已经不重要了。你和我在一条街上来来回回走了好几趟,不知道该往哪走,我们没有了目标。距离乘车返回的时间还早,我们选择在一家旅馆小憩。这家旅馆的环境比上次好很多,我很快就睡着了。忽然我被电话铃声惊醒,我感觉自己处在一个黑暗的环境,我感到害怕,我吓得大叫,惊醒了身边熟睡的你。你把我紧紧抱在怀里,那时的我已离不开你了,我不能想象如果你不在我身边会是怎样一幅场景。你悄悄把手机铃声调成静音,你害怕会再次惊醒我,你以为我是做噩梦了。这些都是我后来才知道的。

终于坐上了返程的火车,旅馆里的一幕幕依然在我脑海浮现,我依然感到害怕，幸好你在我身边。

5

我们的关系发生了微妙的变化，我以为一切都在朝着我期望的方向发展，但那只是期望，对我来说只是一场梦，两天的旅程结束了，我也该从梦中醒来了。我要你做我的女朋友，我以为这两天发生的点点滴滴会让你答应我，我以为一切都是那么自然，但是恰恰相反。

我以为我已经懂你了，我会很努力地改变，只是我不会明白，若心里装着一个人就不会迷失方向，显然我不是你要前进的方向。你说我们之间有阻碍，我始终不肯承认你离开的事实，我以为我会战胜世俗，我始终不肯认输，我告诉过你我的决心，但是我们都活在世俗中，更何况你连尝试的机会都没有给过我。

也许我从未走进你的世界，从未懂你的生活。你要我忘了之前，你说你喜欢自由，你说你一点也不好，你要我开始新的旅程。所有的一切好似都是按你的思维进行。也许你永远不会明白，对我来说地理意义上的旅程虽然结束了，但是心的旅途才刚刚开始。你不会明白我说喜欢你时内心有多坚决，你也不会明白再美的风景如果没有了想要携手欣赏的人也会变得黯然失色，而你就是我想要携手的人。

6

再次看到这段文字的时候，我已经完成了我的第二本小说。从最初的《相约梦城》到现在的《萌生》，我也从刚上大学时的青涩模样变成如今的迷茫，或许只能用迷茫。犹记得刚上大学的时候自己意气风发的样子，规划着未来，每天都是按计划学习，时间被安排得满满的，自己像个"三好学生"一样，从不缺课。总以为只要按照既定的目标坚持不懈，持之以恒，就会在校园里变得"与众不同"，就会成为自己想要的样子。可是有一天忽然发现理想距自己依旧遥远，于是便放弃了之前的计划，开始了被安排的生活。每天忙忙碌碌，却不知道自己在忙些什么，生活似乎空虚了不少，空闲时间多了起来，到现在毕业快要来临，仍然一事无成，想想即将离开校园后的生活，忽然变得迷茫了起来。

　　大学四年，一场短暂的人生聚会即将要吹起离别的号角。而《一次旅行》我已想不起是什么时候所写，但它是这本小说的开端。也许那时的我正爱着一个想爱而爱不得的姑娘，也许是我的一场梦境，在梦境里我经历了一次长长的人生旅途，面对了很多的生死离别。但那些都无关紧要，重要的是现在的我即将离开生活了四年的大学，离开朝夕相处的室友，离开我的老师，离开我的同学，而我是如此的眷恋着这一切。所以借出版《萌生》之际，把尘封了许久的文章拿出来，缅怀当时的自己。

　　是为序。

1

夏日炎炎的八月，骄阳炙烤下的村子显得极为安静。村子外一片绿油油的蔬菜在艳阳下长得碧油发绿，村口的老柳树下坐着一群老人在闲聊着什么。偶尔从田地里回来的农人也会在柳树下乘凉，听着老人们的闲聊。时至晌午骄阳艳艳，万物在阳光的炙烤下显得无精打采，村子里的狗或趴在树底的荫凉处伸直了舌头，或三五结群在河里戏水。

村子里的某一户是热闹的。八月的闷热抵挡不住大学通知书寄来的喜悦。是的，小冉考上了大学。此刻小冉的外婆高兴得合不拢嘴，忙东忙西地不知道该干什么好，仿佛不是孙女考上了大学，而是她。小冉劝外婆休息，她怎么也不肯，拉着小冉看她早就为孙女准备好的上大学要带的东西。看到这些，小冉不由得心里一阵酸楚，她知道外婆舍不得自己离开。

离别终究是要到来的，随着小冉离开的日期越来越近，外婆的笑脸背后多了几分愁容，眼神里不经意间流露出些许失落，外婆是舍不得孙女离开。外婆知道，她对于孙女的离开没有任何挽留的可能，她明白自己想让孙女留下的念头是断然要不得的，她不想让孙女看出自己的不舍，假装与孙女分享着大学通知书寄来

萌生

的喜悦。其实外婆内心的不舍，小冉何尝不明白，只是彼此都心照不宣，不想让别离的不舍过早地到来。

2

这注定是一个离别的季节，这个季节里掩藏着太多让人追忆的东西，总让人陷入回忆里面。小冉记起自己小的时候在外婆的小山村里，每当春天来临，她就和茹雪一起去山坡上玩耍。春色很浓，到处都是盛开的黄色小花，矮矮的嫩草刚能修饰山的颜色。黄色的花朵吸引了一大群美丽的蝴蝶，她和茹雪就争抢着去捕捉它们，两人常常因为这事发生争吵，可每到最后总是茹雪让着她，所以她俩从来没有因此红过脸，整天都是笑呵呵的。当有人问及，她俩总是说："因为春天来了。"

茹雪是同村张大婆的外孙女，和小冉一样，被外婆抚养长大。这并不是她们的父母不爱她们，而是因为外婆太爱外孙女了，所以才把她们抚养在这幸福的小天地里。小冉以为会一直这样快乐地生活下去，可是她错了，在她和茹雪相识六年之后，茹雪被她的父母接走了。茹雪是因为什么离开的，小冉不知道，她只记得在茹雪离开的那天，自己和茹雪哭成一团，就连张大婆也是泪眼婆娑地不舍得茹雪离开，即便如此茹雪依然离开了。她只记得茹雪说过一定会回来的，可十年了，茹雪都没有回来过。而现在，小冉也要离开这个养育了她十八年的小山村时，茹雪仍然没有回来。小冉开始想念茹雪，她不知道什么时候才能再见到茹雪，到时候她又会变成什么样，会不会记得她，她俩的友情是否还会像儿时一样。这些她都无从知道。她只知道自己不舍得离开这里，自己对这里的一切是如此的依恋；她只知道，她的离开对外婆来

说是不小的打击。年迈的外婆哭着对她说："丫头长大了,该走了,走了就再也不会回来了。"

小冉说："外婆,我还会经常回来看您的。"可外婆只顾闪动双眼里的泪花,默默地替她收拾着行李。她蓦地发现,外婆竟是这般老了,双鬓已成雪白一片,再也不是那个可以为她遮风挡雨的不老神人了。她以前和外婆逗笑时,外婆总是说:"孙女都这么大了,催得我们老嘛,唉!岁月不饶人哟……"

小冉以为在这里的一切都已经结束,她会去上大学、毕业、工作、嫁人、生子直到死亡,可她没有想到,这一切竟是这样复杂,一切才刚刚开始。

3

张宇生背着沉甸甸的书包,拉着刚买的新皮箱,走过城市的街道。他左右摇摆着脑袋,细细地打量着陌生但即将变得熟悉的新事物,心中有种说不出的滋味。

街道两旁开着各式商店:贵人鸟、李宁、仙宾楼、礼花世界……音响更是铆足了劲肆意地吼叫,奏出一些颇为流行的音乐。街道路边的小摊上卖着各式各样的小吃,买、卖人的声音嘈杂在一起,加上小汽车的鸣笛声,便足够让一个乡下人听个饱。而此时的张宇生就是个十足的乡下人,看着熙熙攘攘的人群,遍地的商店、发廊和小吃摊,他有种被征服的感觉,这些景象是他在农村从未见过的。

张宇生是大一新生,今年高考时全乡唯一一个考上大学的学生。因为这件事,他种庄稼的父亲足足欢喜了一个假期,而他,也成了全村人的榜样。因为农村教育条件的艰苦,村里人在自家训

萌生

斥孩子时也会说："看看人家张宇生，考上了大学，光宗耀祖。你有他一半好，就可抢着膀子在邻里间炫耀了。"

张宇生考上大学这事，惊动了全村，所有人都认为他是秀才中举，前途无量。所以邻里都来巴结，有送东西的，有专门来套近乎的，亲戚朋友也从大老远赶来祝贺。张宇生的父亲张春明整个变了副模样，平时低三下四、不问世事，只懂得干活种庄稼，而今却能说会道，夸耀自家孩子争气。又提起以前几个学生如何调皮捣蛋，如何辍学在家，口中尽是喜悦之意。

张宇生的母亲何兰花也乐呵呵地拿出平日舍不得花的钱，为儿子买了身新衣服，嘴角的喜悦不知从笑声里滑落了多少回。连张宇生自己也欢喜了一个假期。村里人逢面就竖大拇指，村妇们闲时坐在一起，把这事当成头条新闻议论。他父亲张春明亲自把积攒了多年的钱递给他，还杀了一头猪庆贺。这情景足以壮大他的胆气，以为自己真如书里讲的中举般前途无量。

而眼前，这灯红酒绿的街市，将他的喜悦杀去了足有一半。面对着繁华的大都市，他心里感到空落落的，便草草收了心赶往学校去了。

到校之后，他怔住了，全校七栋八层的楼房，宽大的操场，教学楼、实验楼、图书馆等错落有致，眼前的景象跃入他的视野，对他的心脏造成很大的冲击。如他所想，他将要融入这新校舍，心底油然而起一丝自豪之情。因离开学日还有一天，学校还鲜有人迹，他也就能好好地参观学校了。学校的路面是用水泥铺的，平平坦坦，他可以放心地在上面走动，不像农村的路，坑坑洼洼，在夜晚走路不小心就可能把脚崴了。现在他感到十足的满意。参观完学校，他就到新生接待处报到，他被安排在501宿舍。宿舍里有四张床，一个三尺宽的阳台，阳光照进来，亮堂堂的。自家的房子

简直无法与之相比,如今他成了"楼房居士"。这一晚,他失眠了。

4

眨眼间,开学日就到了,学生像潮水般涌进校区,黑压压的一片。学生穿戴不一、千姿百态,各自忙乎着办理入学手续。这批学生中,像张宇生这样从大老远的农村进城上学的人少得可怜,也许是内心的怯虚,张宇生感到自己平日自认为值得夸耀的成绩,在这群人中显得没什么了不起,他第一次体会到了这种同学间的差距。

而小冉,也是学生中的一员。她穿着新买的衣服,拉着行李,背着那份神圣的录取通知书进了这所大学。这是一个全新的地方,是生命中的一个驿站,是像小冉一样的学生的人生转折点。很多人为了来到这里,付出了艰辛,十二年寒窗、苦读灯下,这些往昔付诸汗水的日子将是多么令人怀念。他们付出的太多了,而给予的回报仅仅是一所全新的、陌生的和空阔的大学。这和家乡老师们描述的不一样。小冉感到一些失望,但她还是要继续在这里开始四年的大学生活,也许会更久。

这就是生活,明明是不喜欢的事情,但是我们却无力改变。有人迈着骄傲的步子,昂着高傲的头颅,大踏步地走了进来,小冉不由得在心里苦笑了一下,突然羡慕起他们来了。

小冉选择的是中文,她向来喜欢文学,所以义无反顾地选择了文学这条漫长的路,她想这年头报这个专业的人不多了。现实印证了她的猜想,所有的专业里,除了哲学系,中文系的人数就是老末了。这样也好,人少事也少,小冉喜欢安静。

走进教室,小冉不小心撞上了一个新同学,他就是张宇生。

萌生

小冉赶忙向他道歉,没想到他也连连道歉,最后只得小冉说没关系才算了事。小冉随便挑了个座位坐下,而张宇生就坐在她的右侧。这时小冉细细地打量了张宇生一番,觉得他身上有种古典气息,感觉就像从宋词里走来的一个唱着渔歌的渔翁,额头扁平,五官端正,眉头微蹙,这就是张宇生给小冉的第一印象。他身上还带着农村的气息,这让小冉感到很舒服。就是这样一个平常人,却在小冉今后的生命里变得不平凡。

5

这个世界是如此的美丽,但也有人觉得险恶;这个世界如此宽广,但也有人总觉得它很狭小。芸芸众生,神州万里,这就是世界隐含的诉语,若以自己的视线丈量地球的面积,以自己的脚步细数地球的距离,那么世界将会是多么的宽广啊!但是,如果两个人在世界的某个小角落里不期而遇,那么世界竟显得如此之小了。是的,小冉一直相信世界是宽广无边的,但今天却不敢这样想,因为偶然,仅仅是偶然,她竟与茹雪再次相遇了。

世界上许多久别重逢的故事,在书里看来是那样的奇妙,充满着浪漫奇缘,反正说什么也不会像小冉和茹雪分别十年重逢时那般平淡无奇,仿佛水往低处流般那么自然简单。小冉只记得在阳光下,并且是柔和的阳光,茹雪穿着一件简单的米色短袖衫,一条修身的褐色长裤,在人群中是如此的显眼。她长得美丽迷人,似《红楼梦》里的黛玉,面容清秀,黑色的披肩长发,在阳光下闪着光泽,是如此的吸引人的眼球,但她的神色中,似乎带有一抹淡淡的幽静和忧伤,好似一只受伤的鸟儿,让人心生怜惜。

说实话,小冉从娘胎里出世时,就从西方维纳斯美神那里借

得一张美丽的容颜，一米六七的个子，苗条的身材，走到哪都能惹得无数女同学妒忌的眼光。而且小冉善于打扮，性格开朗，所以身后总是跟随着一堆男生，但小冉不吃这一套，所以直到现在，她还保留着自己的初恋情怀，又因为爱好文学，喜欢像李白、苏轼这样充满浪漫豪放韵味的文人，所以直到现在也没有一人入她的法眼。她把希望寄托给未来，希望在大学毕业时找到自己的白马王子，好让外婆在有生之年能够看到她穿上婚纱的样子，因为在外婆的心里，小冉的婚事才是她一生最高兴的事。所以小冉再不孝，也不敢让外婆的希望破灭。

现在，当茹雪站在小冉的面前时，小冉感觉仿佛看到了一个活脱的林黛玉。茹雪身上那股忧伤的气息，着实让她有点痴迷。她感觉眼前的这个人就是茹雪，她迫不及待地想去告诉茹雪自己就是小冉，但她努力抑制着自己的情感，她想给茹雪一个惊喜，她想也许茹雪会和自己一样激动，在她俩分别十年之后能以这样的方式见面。茹雪没有认出小冉，小冉还心疑，难道自己认错人了？这时茹雪身旁的一个女生小声地叫了茹雪的名字，小冉听得很清楚，是那样清脆的两个字——茹雪，听到这两个字时，小冉的心忽地一怔。她为茹雪没有认出自己而难过，茹雪从她身边轻轻地走过，像天空的一朵云彩，像宋词里"一点飞鸿影下"般地从她身边溜了过去，煞白了她所有的记忆。小冉呆呆地站在那里。小冉忍不住喊出茹雪的名字，当她自以为会和茹雪格外欢喜又特别兴奋地相拥相泣时，她又错了，现实狠狠地扇了她一记耳光。她说："茹雪，你是茹雪吗？我是小冉啊，我是在小南庄和你一起欢度童年的小冉啊！"

"小冉？小南庄？"茹雪略微一停顿，冲她淡淡一笑，然后迈着轻盈的步子从她的视野里消失了，远没有小冉想象的那样。她只能望着茹雪远去的背影，在原地发呆。她不知道茹雪为何会表

萌生

现得这般冷淡,不知道茹雪在离开小南庄后过得怎样,也许很快乐,所以茹雪早已忘记了小南庄的一切,包括她俩的友谊。

6

天气预报说明天有雨,到后半夜,那雨就淅淅沥沥地下了起来,细若牛毛,到第二天清晨,这雨就更细密了。这天气,这地方,这人,这景,都使小冉感到无比失落,她只好拿着一本诗歌精选集投入雨帘,跑到学校的躲雨长廊里去了。因为是早晨,又下着雨,这里没有人,阴沉的天伴着细雨,不禁让她想起戴望舒的《雨巷》:

> 撑着油纸伞,独自
> 彷徨在悠长,悠长
> 又寂寥的雨巷
> 我希望逢着
> 一个丁香一样的
> 结着愁怨的姑娘
> ……

"好,真好,这诗倒也符合此情此景。"忽然有个声音传来,小冉一惊,赶紧环视四周,只见一个模糊的人影站在长廊对面,隔着细雨小冉看不清他的模样,只是隐约感到他是一个熟人,这声音好熟悉,这人影竟那么像张宇生。

"你是?"小冉问。

"张宇生。"

"怪不得有些熟悉,你在这儿干什么?"

"和你一样。真没看出来,你也喜欢文学,也喜欢戴望舒的诗,好得很呐,我可遇到志趣相投的人了,望舒的《雨巷》也只有在这个时候才显得意境全出。可以和你一起吟诵它吗?"

他开口就说了一大堆。小冉没有回答,只是望着他,有时候沉默是这样的具有魔力,小冉脑海中忽然涌出这样的诗句:

这一年的这一季
我的天空下起细密的雨
没有预言不曾想到
就这样不期而遇
莫非这是天意
还是一场
缘聚缘散的游戏
作弄红尘是他
笑我痴狂是你
从来不敢试着
去打扰你
那乳白色伞下守护着
丁香一样的美丽
却还是不小心
惊醒了你难得的静谧
于是你抬头望着我
我望着你
只是这中间隔了一道细密的雨帘
……

萌生

　　是的,此刻就是这样。她望着他,他也望着她,只是这中间隔了一道细密的雨帘。雨渐变渐小了,他俩就这样无言地互望着。小冉现在能够完全清楚地看清张宇生的模样了,黝黑的肌肤,带着几分孩子气的面孔,显得俊秀。雨渐弱,天空明朗了起来,渐渐有鸟儿的叫声了,小冉仿佛走进一个全新清静的世界,生机盎然的世界,充满了轻松欢乐和新鲜感的世界。可这雨随即又变得模糊一片了,张宇生张了张嘴吟诵了起来,小冉也情不自禁地附和着:

　　　　撑着油纸伞,独自
　　　　彷徨在悠长悠长
　　　　又寂寥的雨巷
　　　　我希望逢着
　　　　一个丁香一样的
　　　　结着愁怨的姑娘
　　　　……

　　之后,他俩聊了很久,张宇生讲述了他在农村的许多趣事,告诉小冉他是如何考上大学的,在他考上大学后村里人对他的看法,以及他为家里争气的事。小冉也告诉了张宇生自己在小南庄的童年以及和茹雪的事,只是没说茹雪的真名,她不想让张宇生知道自己和茹雪之间的事。那天他俩聊了很久,她和张宇生都有种相见恨晚的感觉,没想到仅仅是因为这一场雨,便把两个人紧紧地连在一起,让两个陌生的人变得熟悉起来。

　　张宇生看着小冉说道:"没想到你和我是这样的投缘,你爱好文学,热爱生活,热爱自然,喜欢自由自在,但对现实存在着一种

失信感,你感到空虚,你心里找不到方向,你对未来不太抱有幻想,所以你总感到失落、郁闷和烦苦。我说的对吗?"

这一连串的提问让小冉很吃惊。说实话,有时候小冉也不知道自己内心的真实想法,这似乎有些矛盾,但是看着眼前的张宇生,她似乎找到了什么,于是抬头望着张宇生,说:"既然你这样认为,那你有什么解决的办法吗?"小冉在等待着张宇生的自圆其说。

"没有。"张宇生直截了当地说,"但你不能这样,你应该对未来充满希望,你应该活得更好一些。"

"活得更好一些,怎么说?"小冉有些迷惑,她不知道张宇生说的"活得更好"是什么意思,或是代表着什么。

张宇生快速地绕过长廊走到小冉面前,就这样,他离小冉只有一尺之遥了。除却这雨,就是他俩,好像他只属于小冉一个人似的,他的气息缓缓地向小冉飘散过来,像一股暖流,让小冉感到温暖。小冉抬头看着他的眼,他的眼里发出柔和的光,一直辐射到小冉的心里,小冉顿时感到全身麻酥酥的。他说:"你没有理由放弃生活,生活给予我们的一切都需要来面对,我们应该坦然接受,不要把它当成一个结,就像现在这天气,难道因为不喜欢就去抱怨为什么是雨天? 为什么无端地下着惹人的雨? 这样是无意义的。况且我喜欢。"

张宇生看了看小冉,发现她在看他,有些不自然地耸了耸肩。小冉说:"你怎么想得那么美,那么坦然,难道这世上的一切都不会令你烦恼吗?"

"我不知道。"

"那我为什么……"

"但你又能怎么样?"张宇生打断了小冉的话说道,然后盯着小冉的眼。小冉从来没有被别人这样目不转睛地注视过,不由得感到脸上火辣辣的。

"你脸红了。"张宇生说。

小冉支吾着不知道该怎么避开这个话题,没想到张宇生接着说:"为什么?害羞?"

小冉说不出话来。

"你真是个美女,你真的好美。"张宇生附在小冉耳边轻轻地说,然后回过头急促地走了,消失在小冉的视线中。小冉呆呆地站着,低下了头。她不知道张宇生到底是怎样的人,感觉他像个哲学家,让她很难看明白。从小到大,夸她漂亮的人很多,不论他们是真心还是假意,她都没有像现在这样有种难以言语的感觉。小冉发呆似的站在那里良久,最后默默地抱着书本离开。

7

一切都是缘分,没想到茹雪和小冉是同班,当小冉知道后心里乐开了花。小冉感叹世事的变幻无常,有时候苦苦追寻的不能够实现,但是一个转身,想要找寻的就在身边。小冉觉得和茹雪的相遇就是如此。

中文系教授当代文学的教授名叫李凡,他四十出头,可看起来像五十多了,一身干净的但有点陈旧的衣服紧贴着身体,面容干瘦,唯有一双眼睛炯炯有神。李教授是全校出了名的评论王,这跟他教国文是分不开的。他来自农村,年轻时满腔热血投入到学业中,终于拼得教授一职。他酷爱文学,对其他教授的教学方法都不满意,经常把自己写的论文贴在学校的公告栏里,署名是大大的"李凡"二字,这使得全校师生都认识了这位"满腹经纶"

的教授,并暗地里给他起了个绰号——"评论王"。这个绰号并不是对他的赞赏,大多是对他的讥讽和嘲弄,但他也不辩驳,仍然以他特有的风格在学校里"我行我素",显得特神气。

李教授在校任教已有七八年,课堂上经常沉醉于所讲的文章中。他讲课嗓音洪亮,表情丰富,有时候甚至手舞足蹈,弄得同学们以为自己的老师神经有问题。久而久之,许多人都不愿意跟他交往。校园的舆论之风愈吹愈烈,几年之后,提起这所大学,人们几乎都会提起李凡教授的名字,他的名气都大到校长头上去了。李教授对文学的爱是真挚的,他厚厚的读书笔记,一学期几本厚厚的教案备课本写得满满当当,这足以证明他比其他人更勤奋,也因此,学校毫无理由把他调走。

由于李教授的名气大,在第一次上课时,班里的新生中就有人喊出了李凡的名字,并且开始议论李教授的事情。当李教授站在门口时,就有人说:"看,那就是评论王李凡,上他的课肯定不好受。"然后全班同学齐刷刷坐得端端正正,注视着这个颇具传奇色彩的老师。当班长苏雄伟喊过起立之后,李教授就挺了挺稍微有些驼的背,向同学们深深地鞠了一个躬,然后让同学们坐下。这情形已使得部分同学窃笑了。他翻开教案,向全班扫视了一圈后,做自我介绍,但对这批新生来说,已没有了新意,谁都知道这个面色枯黄的人叫李凡,而且是有名的评论王。他开始讲课,与其说讲课还不如说是布置作业。因为是开学第一节课,大家都比较新奇,所以他说:"同学们,你们写一篇文章吧,对于写文章,要有自己独到的见解,要充分利用文字的渗透力。你们是新一届学生,是新一代的栋梁,你们要写出具有活力、青春和时代深意的文章,不要一味地被作文格式束缚,但也不能刻意追求新鲜花样,要写出特色,写出自己的内心独白,写出的文章能够让人品味出你

萌生

想写什么,你写了什么,你的体会和理解是什么,这是文章的命脉,是文章的灵魂。请你们用全部的精力去完成它。"然后他用粉笔在黑板上写了"在无星的夜晚想起文学"这个题目。

同学们看后,大多伸长了舌头。因为作文的难度大,他们的怨气就转化为对李教授的评论。有的说他是个腐朽的老古董,有的说这是一个神经质的人出的神经质的题目,也有的人低头足足沉思了一节课,稿纸上也没写出一个字。

当第二节课开始的时候,班主任王宏远来上课,但他几乎上了一节政治课,为同学们的将来构想了一个蓝图。他说:"同学们,你们今天坐在这里,证明你们曾经是优秀的,我希望你们将来也是优秀的。你们来自不同的地方、不同的家庭,有着各自不同的背景,你们身上肩负着你们的未来,你们要在这个班集体中认真、刻苦、踏实地学习。你们要互相帮助、互相沟通、互相谅解,将来走上社会,你们会成为各行各业的有用之才,你们完全有能力靠自己,靠你们的同学,在社会上站稳脚跟。你们要处好关系,无论你们当中的哪一个遇到什么麻烦,你们一定会第一个想起同学,而且会理直气壮地要求同学替你办事,他们也会尽可能地帮助你,这样你们在社会上会更加的顺利。那么从今天起,认真地学习,认真地处好关系,你们会受用无穷,换句话说,老师那时请你们帮个忙也不一定。"然后他举了个自身的例子,小冉不知道这种事也能用来夸耀。"我以前在郊区教过学,那里条件不好,回家、办事非常不便,恰好我的一个同学在教育厅工作,几经周折我就被调到这里来了。你们看,这就是同学关系的重要性,所以我坚决反对你们互相瞧不起、互相闹矛盾,更别说是打架了。你们从现在开始就应该学习知识,学习做人的经验……"

他唠叨了一节课,终于迈开那略显得仓促的步子走出教室,

14

而此时，教室里静极了，每个人都在左右打量着身边的人。张宇生像被电击般地抽搐了一下，这是他第一次认识到知识的威力，认识到人际关系的微妙和复杂，而王宏远的那一套，的确把他引入了深深的沉思当中。

对于一个刚上大学的人来说，是抱着轻松和休闲的心情来的，可张宇生现在却有些不适应。课程被排得那样满，听完一天的课回到宿舍，他已感到身心疲惫，上了床铺拉开被子就倒下，今天各任课老师的面孔和他们所说的话，久久地萦绕在他的脑海，使他无法入眠。

哗的一下，宿舍亮了起来，是隔壁床的同学打开了手电筒，然后宿舍的人便聊开了，话题当然离不开各位任课老师。一位同学说："我发现咱们的那个教授，就是那个评论王李凡，他上课古里古怪，教的内容也偏离实际太远。你们知道吗？我还知道他的其他一些事情呢。"然后他讲了起来。原来李教授家境贫寒，生活非常艰苦，年少时，母亲为了供他上学，没日没夜地在地里干活，终于有一天累垮了身体，不久患了疾病离开人世。他父亲是一个地道的农民，愣是靠着蛮力把他供上大学，又考了研。听说他年轻时非常能干，本可分配到行政单位工作，因为没有后台的缘故，被另外一个人顶替了，所以他就被分配到这里来教书。可他偏偏是个嗜书如命的人，尤其对文学方面的知识感兴趣，就当上了中文系教授。也不知为什么，他就和其他老师在教学和学术研究方面有了很大的差异，久而久之，他就被人们认为是个神经质的人，而"评论王"这个绰号也由此而生。

张宇生听着李教授的事迹，不知怎的就萌生了一种怜惜和敬佩感，这种感觉，一方面源于他自己的家庭和李教授有些相似，另一方面，他也是个文学迷，他对文学知识也有着强烈的渴望，时不

萌生

时还作些文章自我欣赏,也因为这,李教授在他的心里变得很神圣。

当他们谈到其他教授的时候,相比就特别的鲜明。有说某一老师太矮,让同学们感到不舒服;也有说英语老师那唾沫星乱飞的嘴巴和架一副眼镜的样子影响上课的心情,等等。但这些都让张宇生提不起兴趣,他独自一人悄悄地睡着了。

第二天上课,有人无意提起了做人方面的话题,就被李教授大讲了一通,而他的讲解也将班主任王宏远的那一套"罗织经"彻底给否决了。他讲道:"人生是什么? 人生只是充当消化粮食吸收水分的机器? 不是的,人生有它特定的意义,《哈姆雷特》中主人公为父报仇的火焰是他活着的信念。我们可以想象,一个失去信念的人将会怎样在人世生活。如果没有那复仇的信念,他就会认贼作父,然后背上世人的辱骂过着自以为奢侈的富贵生活,那这人生是无意义的。人生是什么? 人生是《简·爱》里追求安定、和平和美好生活的执着。这种对爱情、对生活的执着,将会引导我们走向充满幸福的港湾。假如你失去了执着,那你就失去了生活的金钥匙。执着并不是执拗,它不是佛家所说的固执,而是你对待爱情、亲情和友情时的情感,是获得成功后的欢呼雀跃,甚至洒下热泪。当然,人是现实生活的承载者,现实中并不存在无比崇高的生活,但我们不能因此而沦为世俗圈子里的虚度者,不能因此而放弃坎坷的正道,去走那些偏离正道的捷径。如果是那样,虽然你可能是个永久的'成功者',但那发慌的心灵却见证了你的虚伪和懦弱。我希望你们能成为一个真正的人。"

有个同学问:"人生成功的意义是什么?"

霎时间,全班同学齐刷刷地盯着李教授,看这位显得无限崇高的人会做出怎样的回答。教室里静极了,没有一个人在交头接

耳,甚至每个人都尽量坐得端正,生怕弄出一丁点声音,而往常这个时候,他们不是无聊地侧着脑袋就是埋头看一本武侠小说。但现在没有人这样做。

李教授说道:"成功的意义在于付出,而不是回报,就比如在一次战斗中,你用生命换取了胜利;成功是两个人在荒漠中行走,你献出了最后的一口水,他活着出去了,而你却死了;成功是在筑成万丈高楼时,你充当了最底层的奠基;成功是你我之间只能活一个,而你却把生让给了我。无数的这些,都是成功,没有失败。"

当他讲完这些话时,教室里一片死寂,片刻之后就是暴风雨般经久不息的掌声,所有人都被这样的解释征服了。张宇生被李教授的讲解深深地打动了,他越发觉得李教授神圣了,而那些日子埋藏在他心底的阴霾也渐渐消散了,现在存留在他心里的只有那不可及的景仰,他发现眼前的这位老师是真正的"评论王",并不是别人所说的神经质。一种冲动涌上心头,张宇生不知怎的就站起来对李教授说:"教授,您能告诉我您对文学的执着和喜爱是怎样的吗?"

这种突然而至的场面是难得一见的,所有的人都静静地看着他俩。李教授从容不迫地、面无表情地说道:"这对你有用吗?"

张宇生说完第一句就有些后悔了,可眼前的情形使他只能硬着头皮继续下去:"我希望可以从中受益。"

"好吧,你坐下。"李教授望了一下全班,说,"谁能告诉我你的感受?"

全班死寂,同学们面面相觑。过了一会儿,只见茹雪轻轻地、像出水芙蓉般地站了起来。当大家看着她时,她雪白的脸颊慢慢地羞红了,接着缓缓地低下头,然后极不自然地向大家笑笑,露出一排洁白的牙齿。她眨着眼睛,长长的睫毛一张一合,甚是美丽。

萌生

所有的眼睛都在看她,她就更加不自然了。

"那你说说吧。"李教授说。

"对文学的敬逐。"茹雪说。

"敬逐? 怎么理解?"

"文学是美丽的,也是动情的,文学包含了世间万物,正因为它的存在,才使世间具有了情趣,所以对文学不仅要敬佩,也要追逐。"

"这是你的理解?"

"是的。"她轻声地说,"那么您的呢?"

李教授看了看她,点头示意她坐下,然后望了一下全班,咳了一声,继续讲下去:"我觉得我对文学的执着是因为我对文学的尊崇和爱戴。我可以说,我爱那文学,我可以和文学相伴而生,因为文学可以陶冶人的情操、丰富人的心灵、滋润人的情感、启迪人的灵性。文学可以使一个茫然若失的人找回现实的绳索,可以让一颗孤寂的心找到慰藉,所以我对它非常执着。我可以一个夜晚失眠去想故事情节的冲突和发展,我可以忘记去干其他事而忠心守候在它身边。因为文学,我才有生活的滋味,才能够体会到世间万物的情感。知道吗? 文学有时候柔情似水,任你徜徉在它的怀里,有时候也暴跳如雷,把你收拾得遍体鳞伤。这全在于作者内心情感的变动,那寥寥几笔就可把美得毫无瑕疵的东西变成丑得令人毛骨悚然的魔鬼。文学也是人类历史的必然遗传,它传载着无数先辈的情感和领悟,是几千年的结晶,是沉甸甸的知识宝库。这就是我对它执着和喜爱的原因。"

他说完,又是一阵经久不息的掌声,这掌声是同学们对李教授精彩演讲的赞同。当然,李教授在张宇生心中的地位就更神圣了,他越发觉得眼前的李教授不同寻常,他的内心被一种强烈的

求知欲充溢着。

下课后,小冉对张宇生说:"李教授还真不一般,他讲的那些话,的确不是一般人能讲出来的。"

"你认为他是神经质吗?"张宇生问道。

"我不知道。"

"让时间去洗涤旧迹,所有的人都会接受他的。"张宇生站了起来,走出教室,站在楼道里望着远处的楼顶和正在施工的高大塔架,整个城市呈现出一片繁华的气象。虽已是初秋但校园里的春色依旧未褪,虽然有些许树木的叶子开始泛黄,但在他看来,到处都是勃勃生机。在不经意间,张宇生发现自己长大了,心情也随之变得轻松起来。

8

第一个周末来临,闲着无事,班里的部分同学约定去街上逛逛。在这些人里,最让小冉注意的就是茹雪。开学一周,几乎没见她说过几句话,而此时,她也只是默默地充当倾听者,仿佛这一切都跟她毫无关系。小冉总觉得茹雪应该是经历了些什么才会是现在这个样子,记忆中的茹雪不是这样的。当然还有张宇生,只不过这两者带给小冉的感觉不同。张宇生大方、开朗、热爱文学、有上进心;茹雪忧郁、沉静、文雅、美丽而又腼腆。尽管有很多人夸小冉长得漂亮,说她和茹雪是中文系的两朵系花,但小冉更喜欢茹雪的那种静谧,更欣赏茹雪那种对一切都漠不关心的淡然,所以她努力想和茹雪说说话,起码她有叙旧的理由。

小冉拉着茹雪说:"茹雪,你对这里了解吗?"

茹雪看了看小冉,轻轻地说:"我家就在这座城市里。"

萌生

"是吗？那太好了，你可要做我的向导，带我好好参观参观。记得小时候咱俩在一起的情形吗？那是多么美好的时光啊！那时候我们经常为捕一只蝴蝶在草丛里跑来跑去，那时候的日子是多么令人怀念啊。阳光也像调皮的孩子，它总是无端地追逐着咱俩偷乐呢！你一定很怀念以前吧？"

茹雪静静地听小冉说完，淡淡地说："岁月是不允许人回首的，也许这是最好的选择，何必耗费精力去想那些无法实现的梦幻呢？忘了它吧，也许这样最好。"

"但我做不到，茹雪，有些事情是注定被铭记一辈子的。也许当我们老了，我们才会发觉往事是多么值得回忆，而我们现在所拥有的，不也正是这鲜明的岁月颜色吗？也许我们会发现我们失去的和留恋的东西太多了，就像开往他国的航船，在海上遇到了风暴，该舍弃的都舍弃了，但有些东西是谁也不会舍弃的，舍弃了就仿佛失去了存活的意义。有些东西是清灵如水的，就像我们心中的梦。"

"我没有梦。"

"你骗人，你的眼里分明有着期盼，这怎么能说你没有梦呢？反而你的梦想更是对现实的替代，你好像愿意活在梦里，所以你看起来对现实很冷淡，对吗？"

茹雪不说话了，只是很安静地看着小冉，随后用眼神环视四周，然后又是那么安静地盯着小冉。小冉只能任凭她这样子看着自己，没有任何办法让茹雪继续和自己说话。她俩静静地走着，彼此怀揣着心事。张宇生的声音突然打破了这沉默，她俩只好硬着头皮接话，借此来缓和刚才的尴尬局面。

年华似水，日子似箭。只能感慨它的无情和稍纵即逝，任凭人们想怎样留住这短暂时光都是枉然。他们回到各自的宿舍，躺

在床上,陷入花季的梦里。

这一夜小冉怎么也睡不着,想着旧梦,想着未来,想着她挚爱的文学。而天恰巧又是灰色的,她习惯性地提笔写起来,也算是为完成作文写一篇小文吧。

这个夜晚没有星星,有的只是遍野的黑和迎面吹来的凉爽的风,一切都沉寂在夜色中,一切都在这无星的夜晚沉睡。这时,风儿吹启着我的柔情悠悠,掳来一袋萤火,静静地倚着夜风。借着这一点萤火,我想起了我挚爱的文学。

若不是这夜黑得浓密,这份感情来得太强烈,若不是这萤火闪着忽明忽暗的微光,我就不会在刹那间对文学如此的思念。文学骑着蓝风铃缓缓而至,它送给我爱,送给我柔情,送给我水一样的绵延、火一样的激奋,它是一切情感的锻造者,是使灵魂显得深邃的谱乐笔。不论那前提条件是多么的难以实现,不论后继者需要多大的艰辛,只要有那充满欢笑、充满温暖的曙光就能令我欢畅,因为我爱那文学。

漆黑的夜里藏着诡秘,同样漆黑的夜风捎带着有若天萤般的点光,那是萤火的恩赐,那是文学到来的前兆,是文学云布雨施的芬芳,那是黎明前黑夜过后的一闪,那是文学。

写到这里,小冉的眼皮已很沉很沉了,她索性衣服也不脱,倒头就睡。

9

林子大了,什么鸟都有。班里的人多,千奇百怪的事也多,尤

萌生

其是那些奇特的人,像茹雪,像张宇生,像小冉。一天,恰逢是午饭时间,而张宇生一点胃口也没有,他漫无目的地在校园里来回溜达,看见公告栏处围着一群人,出于好奇就走了过去。栏内贴着李教授刚写的论文,是一篇关于教育的缺陷和现在学生堕落的论述。尽管张宇生很爱看这些,但他现在没心情,只想一个人静静地走一会儿。不觉间迎面撞上了他心仪已久的女生茹雪,他立马招呼道:"茹雪,你好,你到哪里去?"

"我回教室。"然后茹雪头也不回地向前走。

张宇生追上去说:"茹雪,你最近在忙什么呢?怎么见不到你?"

茹雪停下脚步,抬头看了看张宇生。他这时才看清她的头发乌黑亮泽,肤色白皙,目光深沉,有种深不可测的感觉,显出忧郁的神色。张宇生被这种忧郁吸引,一种强烈的好奇心涌上心头,"你能告诉我为什么你总是这样寡言少语,是不是遇到了什么麻烦事?看我能不能帮上忙,不要把所有的事情都咽到肚子里。"

茹雪看了看他,没有回答,只是忧郁到了极点。

"如果不愿回答就别说了。我能和你一起回教室吗?"

她依旧没有回答,默默地回过头去,张宇生跟了上去,两人一路无话,只是静静地走回教室。

从这以后,张宇生一有空就去找茹雪,然后和她一起去散步。茹雪从来不多说一句,除非不能回避才应付一两句,除此之外就是或沉默或倾听。张宇生也不在意,自顾自地给她讲一些故事,或说几个笑话,尽管从没有把茹雪逗笑过一回。时间长了,同学中就议论开了,说他们俩关系暧昧,在谈恋爱。听到这些,小冉心里隐隐地有些难受。

一天下午,张宇生上到图书馆的顶楼,他想一个人去眺望一

下校外的景象，想体会一下"会当凌绝顶，一览众山小"的意境，这是他放松心情最常用的方法。他慢慢地爬上楼顶，忽然一个人影出现在他眼前，那是茹雪。她一个人静静地站在楼顶，他感到奇怪，但转念一想，觉得茹雪也可能和他一样在放松心情。茹雪听到声音，稍稍回头，看见是张宇生就又扭过头去，依旧静静地站着，没有理会张宇生。张宇生走过去站在茹雪旁边，没有说话，看着眼前的景象。大约十分钟过去了，茹雪依旧没有说话，张宇生没有感到丝毫尴尬，和茹雪平日的相处，他已习惯了茹雪的沉默。他以为他会和茹雪很有默契地一直沉默下去，欣赏眼前的景象，俯视眼前的一切，但令他没想到的是茹雪开口说话了。她只说了一句："死是什么滋味？"正在畅想的张宇生听到这句话吓了一跳，他不敢相信自己的耳朵，也不敢相信眼前这个如此恬静的姑娘会跟这句话有关联，但茹雪又开口了："死是什么滋味？跳下去能不能够活着回去？"

张宇生一听，瘫倒在一旁。这沉默背后突然来临的言语使他毛骨悚然。他怕眼前的茹雪会突然跳下去，吓得赶紧冲过去拉住她，安慰道："不要问这些，不会有什么好结果的，我们下去吧，这儿没什么好的，以后也不要上来了。走吧，不要想这些东西。"

他颤抖着将茹雪拉下了图书馆楼顶，然后深深地吸了一口气说道："为什么突然这样问？你上去究竟干什么？你不要吓我，千万不要想不开，到底怎么了？"

他急得眼睛都红了，被眼前如此沉默文静的女生的荒谬行径给吓傻了眼。"茹雪你到底怎么了？你说话呀，不要这么沉默下去，你要学会开口说话，你要和别人交流，你到底怎么了？傻瓜，你知道吗？你对于死亡的渴望太让我害怕了，你为什么会这样？"

萌生

　　茹雪抬眼看着张宇生，这时一阵风吹起了她的头发，凌乱的头发和飘动的衣服，还有那斜睨的眼神，更显得楚楚动人，但这一切更让张宇生害怕。茹雪只说了一句："我只是想了解一下而已。"然后眼神四处打转。

　　"为什么一个人去楼顶？死是可以了解的吗？你不要傻了！"茹雪依旧没有说话，张宇生继续说道："不要沉浸在你内心的世界，要敞开你的心扉，让别人了解你，你可以舍弃别人，甚至这个世界，但你没有理由让别人舍弃你。"茹雪依旧是斜睨的眼神，这种情景让眼前这个硬朗的男子汉顿时心里一软，他决定帮助茹雪，让她敞开心扉，化解这忧郁的沉默。"走，我们回教室。"他心情沉重地领着茹雪回到教室。

　　秋天很快就到来了，那最初飘落的枯叶证明了它的威力。秋风催熟了种子，却催死了生命，它给人带来了丰收的喜悦，也带走了所有的生机。张宇生正忙着去茹雪家拜访，因为是周末，校园里人很少，他告别了同学便径直朝校门口走去。他在城市里东找西瞅的，就是不见同学所说的茹雪的家。

　　校园里人真的很少，虽然秋天已经来临，但那炎热的暑气还没有消尽。这时候，大部分学生都不在学校，有的去逛街，有的去乘凉，还有的回家去了，而茹雪仍然在校园里闲逛。她环视四周，发现没有几个人，便迈开步子朝图书馆走去。她没有进图书室，而是径直走向通往楼顶的通道，一会儿，便出现在楼顶。太阳很毒，四周没有一丝风，只有她自己的心跳声在扑通扑通地响，除此之外就是一片寂静。

　　她一个人站在上面，死的念头冲进她的脑海，她闭上眼睛，任乌黑的头发遮住半边脸。她想：死是什么感觉？对于这种死亡的体验有谁能够了解？活着的意义是什么？而死后除了留下一具

24

僵硬的躯体外还会有什么? 会不会有飘然的灵魂, 在空中飞来飞去, 能够任意地支配, 不受地心引力的束缚, 可以飘过树梢, 穿过墙壁, 做自己想做的事情, 获取无限的快乐? 如果死了, 能够体会这种独特的滋味, 知道死后会在半空中飞翔, 会看见现在看不到的一切, 包括曾经死去的人……

她胡思乱想着, 此刻的一切是多么深刻而警醒, 她闭着眼一步一步走向楼顶的边沿, 每走一步都有一种她所向往的极乐驱使着她。她就这样走着, 离边沿越来越近, 在距楼顶边沿仅一步之遥的时候, 她停了下来。她微微地睁开眼, 低头望了望地面, 好像在这紧要的关头想到了什么。她想到了什么呢? 谁也不知道。她用手理了理头发, 没有说一句话, 也没有任何表情, 也不知是看着什么东西, 只是默默地站着, 然后缓缓地扭过头, 看了看来时的路, 再转身默默地下楼了。

10

茹雪一个人回家了, 也许她并不想回家, 但除了回家她别无去处。在家门口, 张宇生叫住了她。张宇生解释只是路过, 便不等邀请就进了茹雪的家门。

茹雪父母的热情让张宇生很意外, 这让他放开了胆子, 不觉得拘束, 而茹雪只是静静地坐着, 不曾说话。茹雪的父亲接了个电话, 对着茹雪的母亲解释了一下, 便带着茹雪出去了, 房间里只剩下张宇生和茹雪的母亲两个人。这时张宇生才鼓足勇气问关于茹雪近乎自闭的事情。茹雪的妈妈解释了半天, 最终的结论是茹雪好像得了自闭症。他们的谈话一直持续了很长时间, 当张宇生从她家走出来时, 太阳已经西垂了, 而在刚才他们的谈话中张

萌生

宇生隐去了茹雪在图书馆楼顶的一幕。

他回到宿舍,翻来覆去地睡不着,他认为茹雪寻死的场景不只是图书馆楼顶的这一回,他几乎认为茹雪得了一个怪癖,那应该说是"恋死癖",他决定去探索这个美丽恬静的少女的心灵深处。

张宇生觉得一个人对死的渴望可能是由于对生命的活力不曾察觉,或者一些曾在她身边发生的事让她受到了极大的打击,所以这种对死的欲望也就深刻地烙在她的心里。不过无论怎样,现在只是在瞎猜测,但是他愿意去尝试。

星期天,张宇生邀请茹雪陪他去逛逛,现在也只有他能请得动茹雪,因为班里除了张宇生,她几乎没有和别人来往。虽然那斜睨的眼神现出极度压抑了的沉默,但她仿佛对他有种说不出的信任,所以她的沉默并不是拒绝他。

张宇生领着她在街市上溜达,其实他心中早就有谱,他带她来到花卉市场,这里各色的花儿让他陶醉。这儿有娇艳欲滴的百合,有如火一样附有青春激情的玫瑰,还有一些他压根就叫不出名儿的花,各种花香扑鼻而来,香气沁人心脾。看着眼前的这一景象,张宇生说:"茹雪,你看这些花开得多么鲜艳,这是多么美好的生命力,它们真是旺盛到了极点。"

看着这些鲜艳的花朵,一直沉默的茹雪终于开口说话了,也因为身边是张宇生,她才开口:"花儿真美,好美的花儿呀!"

"你知道它们的生命力是多么的顽强吗?现在是入秋的时节,你瞧它们,竟长得这样好。"他看了看专注看花的茹雪,"你热爱生命吗?"

"生命?我……我热爱。"茹雪显得有些口吃。

"那么你答应我,无论什么时候都不要放弃生存的权利,即使

你不愿意,也不要背叛生命,好吗?"茹雪沉默了,她显然无法给他准确的答复,只是用她一贯的做法——沉默代替了回答。张宇生也不勉强,给她留下自我思考的空间,而他现在想做的就是将生命的美好渗透到她的脑子里。他拉着茹雪到处游逛,每到一处就大谈起来,仿佛那些司空见惯的东西在他的嘴里也跳动着生命的音符,在他的嘴里,初秋的季节美得让人动情。黄叶旋飞点缀出画意,微风袭来演绎着诗情,这一切都令人神往。他以他扎实的文学功底和伶俐的口才演讲着散发活力的一切,他要让茹雪明白他的良苦用心,明白他在乎她,在乎她能否快乐地生活。

"茹雪你瞧,那两只鸟是多么的可爱,它们互相嬉戏,互相鸣叫着,真是太美了。"

茹雪顺着张宇生的指引看过去,眼睛里透露出笑意,然后说:"这两只鸟真的好美,它们一起飞过秋天,一起飞回它们的巢穴去了。"

"你可以像它们一样,像它们一样快乐地生活着。"

"我会吗?"

"会的,你一定会的!"

她看了看张宇生,他的口气无比坚定,仿佛那语言不只是告诉她活着的美好,也告诉她,她也有美丽的生命。茹雪继续看鸟,张宇生看到了她脸上从来没有过的表情,那是在笑。她竟能够咧开嘴笑,她真的在笑。张宇生此刻变得兴奋不已,他发现那笑是如此甜美,如此难能可贵,他觉得此时的茹雪是最美的,他被她深深地吸引。这嫣然的一笑美得让他陶醉。

"你真美,尤其是笑着的时候。"

茹雪羞红了脸,不过马上怀疑地问道:"我刚才在笑吗?"

萌生

"是的,你不仅在笑,而且笑得很灿烂,你笑起来更加美丽迷人!"张宇生兴奋地说。他突然发现他对茹雪的一举一动是那么在乎,这种感觉他从来没有过。他知道自己喜欢茹雪,但是刚刚的这种却不在他的想象之中。他忽然觉得这一切都会像他想的那样好起来。可事实并非如此。

11

自从小冉发现张宇生和茹雪之间联系比较密切,就感觉到这其中有什么秘密,因为茹雪是不轻易和人说话的,更不要说是和谁联系密切。为了找回和茹雪曾经的友谊,小冉去找张宇生摊牌,她觉得张宇生一定对茹雪别有用心,她要保护茹雪。而张宇生像个泄气的皮球一样,在小冉面前变得软弱起来,支支吾吾地什么也不肯说。两人闹得不欢而散。

一次,小冉和张宇生相遇在校园的小路上,相近咫尺。当张宇生看着小冉时,目光里充满了一种让小冉捉摸不透的东西,小冉从他的眼神里捕捉到忧伤的影子,从他凌乱的头发下飘散出令人心疼的失落。他双手叉在裤兜里,强忍着对小冉笑笑,可当他敛了笑时,小冉看到了比这笑更加难看的表情,仿佛是这潮湿的天气侵袭了他,他整个人看上去有种淋过大雨的感觉。除他的表情之外,衣服也褶皱了许多,褐蓝色的上衣歪打着领结,扣子也没有扣好,恰是在这阴雨天,后面破败的屋子做了最好的背景,简直成了一幅绝美的风景画。当他俩的目光再次相遇时,他眼里的失落显得更加明显了,小冉怕再看下去会突然蹲在地上哭起来,所以赶忙用手理了理头发,把手里的一瓶水递给他,然后小心翼翼踮着脚尖,像做错事的孩子一样在得到大人的允许之后飞快地

逃走了。

　　小冉不知道自己在张宇生面前做错了什么，竟得用尽心思去安慰他。小冉不知道张宇生是否也会像她一样，内心默默憧憬未来更好的生活，期待明天的希望，但在这雨季里，湿气扑面而来，潮湿的不仅仅是衣服，还有他们自己，更潮湿了像他们一样的整个一代人的青春。年华似水，在小冉还没有来得及细细品味时，它就不被察觉地从岁月的映像里悄然地隐去了。小冉又开始怀念当初和茹雪在小南庄快乐的生活，但这想法与现实对比，让小冉感到失落，更让小冉觉得本该如春天般绚烂的年纪，却充斥了比这个年纪厚重好几倍的落寞。小冉感到失意，她没有想到在她十八岁这年会遇到这些人、这些事。她还清晰地记得小时候幻想的关于青春美丽的梦，还记得当时在河边草丛里捕捉蝴蝶的快乐，还记得被外婆搂在怀里亲昵的幸福……但现在的生活和儿时有着极大的差别，小冉知道自己不能一直活在过去的回忆里，终究得面对现实。小冉现在清楚她和茹雪已经回不到从前的友谊了，即使在茹雪离开小南庄的十年里自己对茹雪的思念没有过一刻停歇。

　　一天上午，正上着外语课，小冉发现茹雪的座位是空的，她看向张宇生，发现他眼中的恐慌无比强烈，小冉看出其中的端倪，一定是发生了什么，否则他不会有如此反应。时间一点一点地过去，张宇生越加的恐慌起来，他双手都在发抖，眼神游离不定。他和小冉对视了一下，也许只是一种冲动，他蓦地站起身，只撇下一句"我去找茹雪"就疾奔而去。外语老师被张宇生的行为吓了一跳，愣了半天才回过神来。出现这一情况课是上不下去了，也许是为了解决这一尴尬，她也紧追了出去。她那矮小的个子，略有点胖，跑起来像只兔子，同学们乱作一团。小冉顾不了这么多，也跟了出去。

萌生

张宇生知道茹雪会去哪里,他迅速地向图书馆楼顶跑去。他跑得非常快,小冉和老师根本追不上他。其实他们也一时间糊涂了,只知道去追,并不知道追上去要干什么。小冉边跑边给老师解释,而说了些什么,她也不知道。

张宇生跑到楼顶,见没有人就返回来,又向楼下连跑带跳地奔去,迎面撞上了追来的小冉,但他只说了声"对不起"就消失在底楼。就这样,张宇生一口气跑了六栋楼,他累得上气不接下气,到了教学楼楼顶时,他看见公寓楼楼顶上站着一个人,他知道那就是茹雪,他赶紧朝着公寓楼飞奔而去。

当他跑到公寓楼底时,那栋楼在他的眼里显得是那么高大。他累得气喘吁吁,此时,他心里已没有了先前的冲动,他累得不行了,但心中的意念支撑着他继续朝楼顶爬去。他艰难地爬向第一层楼梯,他每走一步都是那么的艰难,几乎要瘫软在地上了,但过分的紧张反而使他清醒了许多,他想:我必须去拯救她,如果她能等到我上去。我必须用我全部的毅力去完成这个使命,我必须为这灿烂的生命不被突然终结而努力。生命的短暂和可贵,是他心中一直不解的谜团,他渴望长生,渴望清新靓丽的生命力,渴望被鲜花簇拥、百草围绕的生命,渴望那斜睨的眼神里透露出对自己的信任。他此时感到害怕,他害怕此时她已不在楼顶,害怕她走出生命不可挽回的一步。生命是短暂的,而对生命对青春更显得渴望而不懂得珍惜的我们,会在察觉生命突逝时显得惊愕与茫然。他愿她也能够这样想,哪怕起一个微弱的念头。但他想到那死寂般的沉默,那忧郁的面孔,那斜睨而痴迷的眼神,他立刻感到不安。他已累得满头大汗,豆大的汗珠不断地流下来,全身的衣服被汗水紧紧吸附在身上,他对这些全然不顾。他口张得老大,以便于散出体内的热气,鼻子感到灼热的痛,他就以这副模样奔

30

向第二层楼梯。

　　现在对于他来说，感到的是自己强烈的心跳声，他的心仿佛要从嗓子眼里跳出来，血管突起老高，鲜血从管子里咕噜地流过。他感到一种恐惧，这种感觉从他的心底发出，像空气一样沉沉地压在身上，耳朵里回响着鲜血的流动声，这也无形中给他造成了莫名的恐惧，这种恐惧如亲眼看见遍尸荒野的景象，如听见那凄惨暗哑的乌鸦叫声，如半夜里怪鸟撕心裂肺的叫声，而这份恐惧向他整个地刷刷地压下来，他感觉到他在意的人如一具死尸般从楼顶坠落下去，变成鲜血淋淋的一摊……他不敢多想，但这种恐惧挥之不去，他使劲地摇头，汗珠便落雨般地掉下来，发出滴答的声响，他清晰地听到这清脆的声音，像打着节拍跳动的生命音符。他顿了顿用手抓住栏杆，以防倒下去，一种新鲜的生命像两块冷气团相遇一样，而后者占了上风，像挤牛奶一样地把他心底的恐惧挤到一边。然后他拐了一个弯，走向第三层。

　　到了第三层，他累得双腿在发抖，双臂如同灌了铅一样沉重。这种极限式的狂奔使他对生命有了更深刻的理解，他的脚步明显慢了下来，这使他有更多的时间思考复杂的一切，这一切又是对生命的诠释和注解。

　　他想到，生命是可贵的，是平等的，是值得每个人尊重和爱护的，生命没有长短之分，只有是否充实。它给予任何人都是平等的，而且我们要相信生命是平等的，生命的平等在于它给了每个人生存的权力，它也给了每个人追求幸福的权力，它没有对任何人起偏见，它能够告诉我们，它的到来有如黎明前夜的最后一颗启明星，有如即将熄灭的烛火变成熊熊烈火，有如清泉洗涤最后一点污渍后的洁净。所以我们要爱护生命，我们要从沉睡中醒来，从活得昏昏沉沉的庸俗生活中醒来，去以另一种方式丰富我

萌生

们的生命,充实我们的生活,陶冶我们的情操,而这一切的前提就是我们必须爱护生命,必须活着,留下足够的空间让生命去演绎,去编织。那是一个沉甸甸的梦,做着活着的梦,而与这相反的是死,死的恐惧和忌讳使人产生一种莫名其妙的忧郁,这种感觉随着情感的变动和意识的差异而显得更加着形着色。死,可以有千万种,但生只有一种,只要有一口气在,有心的跳动,就是生,只有活着才是最重要的。他想到,我们永远要把生命放在第一位,生命是一切事物的基础,是启迪万物的因素,所以我们必须活着,活着去做梦,活着去实现梦……

他摇摇晃晃地往上爬去,第四层,第五层……当他缓慢挪向楼顶时,眼前一黑,累得瘫倒在地上,嘴里不住地说:"不要跳下去,不要,生命太宝贵了,不要就这样放弃,不要……"

昏昏沉沉地过了很久,张宇生才醒过来。小冉拿着毛巾给他脸上敷冷水,他一骨碌坐起来,小冉赶紧让他躺下,他嘴里却嚷着说:"茹雪呢? 她在哪? 她没有出事吧?"

听见张宇生的声音,茹雪赶忙进来,她看见张宇生一脸焦急的样子,泪水从两颊慢慢地滑下来,她忍不住低声哭泣起来,说:"我在这儿,谢谢你。"

小冉很知趣地走了出去,留下他们两个人在房内。茹雪见门开着,轻轻地走过去关上。然后茹雪再也控制不住自己的情绪,双眼里充满了泪水,那斜睨的眼神失去了孤僻和少许的忧郁,充满了关心和柔情,她理了理发丝,带着哭声说:"谢谢你,为什么这样急着去救我,为什么不顾自己的身体去救我?"

其实茹雪没有说出实情,刚才站在楼顶的那个人根本不是她,而是一个上去瞎溜达的女生,但她知道张宇生是因为自己才拼命地追上去。张宇生舒了一口气,刚才极限式的疯跑使他现在

还感到头晕,然后说:"因为我在乎你,无论怎样,我都不允许你这样轻生。你真傻,生命才刚开花,你怎么能让它无端地凋谢呢?"

说着看了看茹雪,他感到闷热,随手按开了风扇,立马一股凉风吹来,轻轻地拂起茹雪的秀发,她那张神秘而清秀的面容让人心醉。她用手轻轻划拉着床栏,那纤细的手指柔美得令人心碎,她的身上散发着一种超乎寻常的美,一种不可捉摸的静态美,她让张宇生感到亲和宁静,这种感觉只有茹雪才能带给他。茹雪继续说:"生命在你眼里究竟是什么样子?"

"生命?生命是一片森林,那里郁郁葱葱,有着各色花木各种鸟兽,那里深不可测,那片林子里充满着人性的光辉,充满了欲望、渴望和梦想,它能够带给我们无限且独有的滋味。而我们每个人都有这样一片林子,这片森林里藏着所有的东西,我们必须去涉足了解它,去认知它,去探索这片林子的奥秘,去寻找森林的尽头,去检查自己的收获,去获取无限的快乐,去认认真真地在林子里度过每一天。这样,这片生命的林子才会永远茂盛,永远不会枯萎,永远装着一个梦想,一个人最真挚的梦想——幸福。热爱生命吧,你会幸福的,你必须去热爱它,不要拒绝,拒绝是一种伤害,请不要伤害这份执着的情意,起码你得让它活在你的心中,永远。"

茹雪看着张宇生,她的眼睛里散发出一种莫名的忧郁和感伤,但她立马变得快乐起来,起码那上扬的嘴角证明她在微笑。张宇生闭了眼,头靠在扶手上,静静地沉思,他被一种轻松感包围,然后他又美美地睡了一觉。

夜晚,灯光暗黄,四周的黑无边无际,像弥漫着的雾气笼罩过来。张宇生觉得这漫无边际的黑更像人的欲望,像吞噬一切的邪

萌生

恶火焰,但想象最终替代不了现实,他凝视了一会,消失在沉沉的黑色之中。

他回到宿舍,其他人都已熟睡,他蹑手蹑脚地爬上了床,然后舒了一口气,想起今天的事情来。这时,其余的五个人蓦地坐起来,拿着手电筒照他,强光照得他睁不开眼睛,他立马坐起来说道:"原来你们都没睡啊!"

他们嬉笑地看着他,一个说:"老实交代,你今天是怎么了?英语课上你可是大闹天宫了。人家只不过是去了一下主任办公室,你就急成那样,你是不是喜欢她啊?茹雪把你迷得丢魂喽!"

张宇生一时被问得语塞,这时才明白过来,原来都怪自己鲁莽,事情根本不是自己想的那样。

"张宇生,你倒是说话呀,茹雪这么漂亮,就是沉默了一点儿,来,给我们谈谈经验,你是怎么把她弄到手的?"

张宇生一听,马上觉得不快,无缘无故说出一个"弄"字,生硬得如同吃牙膏,但他也感觉到了自己对茹雪有着说不出的感觉,难道这就是爱恋?舍友们没能从他嘴里得出一句爱听的话,瞎闹腾了半天后,开始讨论了。张宇生继续躺下,成为一个默默的倾听者,但舍友们的话显得有些不堪入耳。他们都在各自夸耀对女人的了解,说着自己的经验,甚至有些夸大其词,张宇生听到这些话脸上不由得火辣辣的。他在心里默默地想着茹雪,想着茹雪的脸庞,诱人的发丝,甚至于身体的曲线……张宇生不敢想下去了,他努力停止了自己的想象,在舍友们讨论情爱的话语中,张宇生忽然觉得自己内心很邪恶。他一直觉得自己对茹雪是很单纯的爱恋,但是此刻在这种氛围中,他更想得到茹雪,或者说是占有,不仅仅是停留在表面的喜欢。

一个室友夸耀说:"我对女人的了解是相当深刻的,你们都好

好听我给你们说。女人其实是寂寞的动物,在她寂寞的时候只要你去献殷勤,她绝对不会对你产生反感,就算你不是她喜欢的类型,她也不会拒绝你,只要你把握得好,乘虚而入,那么你就有可能得到她。当然了,还有的女生特别开放,说得难听点就是骚得很,对这种女生你就得学会不要脸,脸皮要比她的还厚,在她面前想咋样就咋样,要学会比她还骚、还贱,你就能把她给办了。还有的女生……"

他的话还没说完,一个室友赶紧称呼他专家,另一个却不赞同地说道:"你说得这么详细,就好像你自己亲身经历过一样,你说有的女生骚,要得到她就要比她还骚、还贱,你是不是就是这样追女生?哈哈……"

这句话惹得其他室友哈哈大笑,那号称专家的一下子说不上来话,被卡在那里。

"你才追过骚女生,你才贱呢! 我就是说说,看把你着急的,又不是说你女朋友。"那号称专家的气愤地嚷道。

这位也不甘落后,说道:"你刚才说得那么好,真以为自己是情圣,看看你那样子,还和女人比贱比骚!"

他们的辩论几近发展为吵架,张宇生等赶紧劝解开,然后在大家的嚷嚷声中宿舍又渐渐恢复了平静,但这平静让人烦躁不安。几个人翻来覆去睡不着,一股燥热感涌得他们不住地折腾。

12

深秋的天气,让人感到冰冷,张宇生只好穿上坎肩抵御风寒了。忽然觉得开学已久,开始想家了,不知父母对自己考上大学的自豪劲是否消退,在这种天气里,他们是否准备好了衣服。张

萌生

宇生虽说只是在外求学,但还是体会到了"独在异乡为异客"的滋味。中秋节快到了,月亮也开始明亮起来,这不禁使他想到了人生,想起了诗句"独在异乡为异客,每逢佳节倍思亲",这种对家的思念如同一个浪子想找一个依托一样。他的脸上写满忧伤。

落寞并不是落魄,人的一生就是在这许许多多的形容词中活着。快乐、孤单、忧郁、兴奋,等等,都是在进一步解剖人性,解剖人生,而张宇生能够想到的无非有三种:人性的情感,包括张宇生对茹雪的感觉以及小冉对张宇生的那种轻微的爱慕,虽然这不是人生中什么大事情,但也确实属于人性独有的光辉;再者是对生命的理解,茹雪对死的渴慕和对生的忧郁并没有解除,而她也始终将会在这样的一种责难中深受重创,包括生命不可逾越的一步;还有李教授与学校方面有关的名誉利益的关系。这三者已慢慢地显现出其模糊的轮廓,像一扇充满诱惑的门,迎接着他们,而他们只能没头没尾地冲进去。

一天,闲来无事,张宇生邀请小冉去校外不远处的公园游玩,小冉一时间不知道怎么拒绝,只好陪张宇生到处乱逛。到了公园,在一个走廊里,有几把石椅子,他俩就坐在那儿。若是夏天,这个走廊就是个林荫小道,微风袭来,从四野里溢来花儿的芳香,枝头鸟儿鸣叫……细想着,还是别有一番情趣的,可惜现在已是秋天,不会有想象中的场景出现。小冉看了看张宇生,要他讲讲关于秋天的故事,哪怕所见到的有关印象,但他却说没有这方面的能力。小冉不信,他只好闭着眼遐想了半天,口里慢慢地说出了对秋的品味。他边闭眼细想边用语言来描述,他嘴里的秋季生动得让人陶醉,小冉仔细地看着他的脸,一种莫名的欢喜和爱恋涌上心头,小冉低声说:"张宇生,你真的很优秀。"

张宇生听到这句话,停下他的描述,睁开眼说道:"为什么这么说?"

小冉想了想说:"因为你才华横溢,并且具有上进心和爱心。"

张宇生不说话了,估计连他自己都没有发现自己有这么多优点。片刻之后,小冉鼓足勇气低下头说:"不知为什么,我对你有一种奇妙的感觉,总是在心中时不时地想起你。你知道这是为什么吗?"

张宇生看了看小冉没有说话,这时空气好像凝固了,唯独凉意还时不时地向人的身体扎进来。小冉接着说:"我想这就是爱吧,我也不知道自己该说些什么,该做些什么,但我不能欺骗我自己的感觉,我想知道你的想法。"

张宇生想了想,这种感觉他也是有的,处于青春花季的他们都会有这样的感觉。想象他对茹雪的那份牵挂也只能用不曾用过的爱情一词来解释,他说道:"小冉,说句实话,我们现在有这样的感觉是正常的,但我认为我们现在还不能真正地理解爱情,所以我们不能向彼此表白什么,承诺什么,我们还不能够用自己的理智来应允什么,我们即使有这个权力也没这个能力。我想我们以后会慢慢明白的。"

小冉问道:"那你对茹雪呢?你是不是因为她才这样说?"

张宇生被问得语塞,小冉从他的眼神里知道了答案。

"你放心,我不会要求你做什么,我只是在袒露自己的心声,这样会让我感到如释重负般的轻松。但我相信你,相信你一定会有属于自己的美好爱情,不管怎么样,我都会祝福你。"

张宇生抬头注视着小冉,平静地说:"我们真的不懂什么是爱情,我们只能慢慢地理解和参悟它,这样我们才不至于做出有悖

萌生

于真心的事情，况且我们有比这重要的事要做，我们得好好学习，知识的缺乏并不是什么好事情。我们只能把一些事情暂时放下，去做一些更重要的事，这样生活才会过得充实。"

小冉听了这番话，说："我还是尊重自己的感受，但我会试着去做你说的事情，算了，你还是说说其他的吧，比如你的过去。"

"但我的过去都是些土不拉几的小事。"

"你认为我会笑你吗？"

张宇生笑了，笑得很阳光很灿烂。美好的回忆从他嘴里缓缓说出，小冉听得入了神，思绪飞回了那遥远的天际，细致地拾取美好的东西。他在小冉的梦里酿酒，小冉在他的梦里醉了，而且很沉。岁月流光从他俩身上悄悄地滑过，推动着他俩不肯移动的步子一步一步向前，而小冉仿佛回到从前，像个孩子一样对着现在的自己傻笑。

夜幕终于拉下来了，四周一片漆黑，秋风吹得落叶满地卷。这风冷得怕人，凄厉厉地想钻进人的身体。和小冉告别后，张宇生被这秋风缠住了，这风像着魔似的向他狂刮过来，他赶紧微闭起眼睛，用双手抱紧身子。秋日的风像这般厉害是少有的，他斜侧着身子走着。因为有风沙的缘故，校园里灯光很暗，张宇生只好裹紧衣服像个逃兵一样向公寓楼跑去，跑进楼厅一看，公寓楼管的窗子微开着，楼门口只有零星几个人。张宇生记得往常这个时候，人还是挺多的，但现在因为天气转冷，学生大都早早地回到宿舍去了，甚至连门都不开个小缝。张宇生来不及多想，向宿舍跑去。

而小冉和张宇生分别后没有回学校，一个人在街上走着。街上人很少，大都裹着衣服匆匆走过。霓虹灯齐整整地排在街道两边，两边的商店都紧闭了门，卖主都坐在里面不出来招揽客人。

秋风劲吹之下，没有人能够像小冉一样感到无所事事。小冉看着这一切，想到了爱情。人生就像这条街道一样，长长地铺向天的另一端，身边过往匆忙的行人，都是生命中的过客，街边所遇的景色就如同人一生所遇的不同风景一样，来装饰我们的心灵。而爱情，伟大而神圣的爱情就是那街边霓虹，灿烂夺目，哪里有路，它就延伸到哪里，照亮人生的路途，替我们消除黑暗。爱情是人性的伟大，是人性独有的光辉，爱情让我们体会到生活的美好，它陶冶着我们的情操，丰富着我们的世界，它是我们向更高更完善的生活过渡的指引路标。爱情可以让我们振奋，它像天边的一道美丽彩虹，让生命更加的充实、有意义。爱情是一种感觉，如水银泻地般的月光，悠悠照彻心扉，洗涤着俗世的烦恼，因为这个世界上，爱情是最干净最纯洁的东西，爱情是梦的使者，在梦里不知是谁邂逅了爱情？爱情是激情和温柔的沉淀，我们应为爱而活着，活着去体会爱情的美好……

小冉这样想着，顿时觉得心情舒畅了好多，走起路来步子也变得轻盈了，像只美丽的蝴蝶在风中翻飞着，而此时瑟瑟的秋风与小冉毫不相干。突然小冉看到了茹雪，茹雪那拒人于千里之外的忧郁和神秘的气息充斥着小冉的脑海，她看到茹雪面部表情抽搐着，她猜想茹雪一定是发生什么事了，她赶忙躲了起来，不至于被茹雪发现，偷偷地跟在茹雪身后。

茹雪两眼茫然，漫无目的地走着，她痛苦到了极点，泪珠儿不断地从那清秀而忧郁的脸上滑下来。秋风吹动着她的头发，飘飘然像飞起来一般，但那头发好像知道她的心情，又无精打采地垂下来。她走到一个街角处停下来，慢慢地蹲下身去，然后失声地哭了起来。她的痛苦，她的悲愤像被施了魔法一样弥漫升腾，而先前日子张宇生倾注在她心里的生命的美好早已被这残酷的现

萌生

实给冲散得无影无踪了,现在占据她身心的是恨和无奈,一种逃避的心理马上激起了她可怕的想法:死,解脱。她颤巍巍地站起来,这时小冉就在她身后不出十米远,但她竟没发觉,她哭泣着跑向了大桥。

小冉被这莫名其妙的举动吓了一跳,赶忙小心地紧跟了过去。茹雪跑到桥头停下来,黑夜使得她看不清桥下湍急的水流,只能听见那格外响亮的像猛兽狂叫一样的声音。她闭上眼睛,现在,她把一切对世俗的牵挂和幽怨都放下来了,只剩下空空的一片,她马上想到死后的快乐,身体像风中纷飞的柳絮一样轻轻地飞舞,心灵洁白无瑕,不受尘世的困扰。这种快乐轻轻地催动她的脚步向前,她慢慢地挪着步子向桥边走去,每走一步她都感到兴奋,每走一步她就觉得自己离心中的伤心事越来越远了,所以她继续挪动着步子。

"茹雪,你要干什么?"小冉站在她身后三米开外的地方大声地叫道。

听到声音,茹雪被惊吓着了,猛地睁开眼,回过头盯着小冉。小冉放低了声音说道:"你该不会要寻短见吧? 来,到我这儿来,别站在那儿,太危险了。"

茹雪的眼里现出些许犹豫,她还不想放弃这种对于她来说得以解脱的方法。她站着不说话,也没有做任何动作,这时只能听见桥下的水流声。她俩互相对望着,一个是充满疑问的眼神,一个是充满忧郁的眼神。她俩静静地站着,秋风依旧袭扰,她俩的头发被风吹得扬了起来,但谁也没有去理一下。秋风像讨了没趣似的灰溜溜地暂时闪开了,剩下的除却流水声,就是这死一般的寂静。小冉问道:"你为什么要做这种傻事? 有什么不可解决的事情可以告诉我,我会替你想办法的,有什么事非要你付出宝贵

的生命呢？"

茹雪仍沉沉地盯着小冉，没有说话，小冉只好继续开始诱导，"如果你跳下去，你的父母会多伤心，他们辛辛苦苦把你养这么大多么不容易！你应该替他们想想！"

茹雪听到这句话，泪水像决堤了的江水一样不住地往下流，晶莹的泪珠在脸上滑出两道水痕，但她依旧没有动，也没有用手去擦一下眼泪，任它在脸上肆意横流。小冉猜测这句话一定戳痛了她，同时也看出了一些端倪，正当她感到紧张时茹雪讲话了，她略带哽咽地说："没有人会在意我，我的父母不会在意我。"然后低声呜咽起来，一种绝望袭上她的心头，她闭上眼睛，向后退着。小冉失声惊叫起来，吓得不敢向她走过去，这样可能导致她情急之下更快地跳下去，小冉大声地叫道："茹雪，张宇生在乎你，知道吗，他告诉过我说他喜欢你，他爱你！"小冉情急之下撒了这个谎，然后继续说："不要再退了好吗？求你了，我们都在乎你！我们都爱你！"

小冉瘫软地坐在地上哭起来，她被眼前这一幕吓坏了。茹雪再次睁开眼停下来，小冉的话起了作用。茹雪想到很多很多，包括前些日子张宇生告诉她生命的可爱和宝贵，她被那些日子感到的美好生命和眼前这种让人痛苦不堪的局面闹得揪心不已。是的，她很矛盾。对生命的渴望，对死的向往，这强烈的冲突在她心里乱得不可开交。小冉无力地说："茹雪，无论发生什么事情，也不要走这种极端，你告诉我好不好？有些事情可能你一个人无法面对，那么请告诉我，我想一切终会有解决的办法，相信我一次好吗？"

茹雪看着小冉挂着泪珠恳求的眼神，不知道该说些什么，一下子坐在地上哭了起来。此时在大桥上，两个女孩的心在一起颤

萌生

抖,像一幅画一样,此时的景象确实让人感到一丝的惊奇和不快。而小冉刚刚萌生的那股爱情的感悟也被发生在眼前的一幕给彻底否决了。爱情在青春期是个不完全理智的产物,虽然它有独自存在意义和价值,但眼下,小冉算是信服了张宇生的那句话"我们真的不懂什么是爱情"。是的,他们还不能真正地理解爱情,对于茹雪那惊人的举动小冉算是彻底地认识到了生命的脆弱和宝贵。生命胜于爱情,这是小冉现在的体会,生命在所有的事情面前都应排在第一位。

小冉终于说服了茹雪,虽然茹雪没有告诉她什么,但小冉认为自己还是成功了,这成功的意义是多么的难能可贵。小冉领着茹雪在街道上默默地行走着,街上的行人更少了,不少的商店已提前关门了,秋风呼呼地吹着,她俩略显蹒跚地走着,像这个季节里匆忙的过客。

小冉眼看着茹雪进家门后,才放心地一路小跑回到宿舍,然后一头栽倒在床上,觉得好像瘫软了一样。

第二天,小冉迟到了,茹雪也没有去上课。当小冉闯进教室时,把门弄得咣当地响了一下,同学们都抬起头看着她,看到这情景,她不好意思地连声说对不起,然后匆忙地坐到座位上。张宇生发现小冉的两只眼睛红红的,布满了血丝,他把头凑过来轻轻地说:"昨晚没睡好吧,眼睛红得不成样子了。"

小冉听后,抬头看了看他,没有说话,然后继续整理着书本。张宇生感到莫名其妙,下课后连忙问小冉怎么了。小冉起身说:"我们到外面谈。"

张宇生随着小冉出来,小冉站在楼道上,背对着张宇生说:"你看到茹雪的座位了吗?"

张宇生听到这句话,越发的奇怪,但仍轻轻地问道:"她今天

没有来,发生了什么事?"

小冉转过身,看着他的脸庞,像泄了气的皮球,低声地说:"她昨晚要跳大桥,她要寻死你知道吗?"

小冉本以为他会惊吓不已,甚至做出什么夸张的动作,所以才压低了声音并随时准备着接受他做出什么不一样的举动来,但张宇生却表现得很平静,小冉从来没有见过面对这种事情会如此沉静的张宇生。张宇生眉宇间流露出一种伤心欲绝的神情,他担心的事情终于在他不在时又重新上演了一回。他几近耳语道:"她现在在哪里?"

"应该在家里。"

然后小冉把昨晚发生的事情原原本本地说了一遍,生怕漏掉一个细节。

张宇生觉得很奇怪,问小冉:"昨晚茹雪说什么? 她的父母不在乎她? 这一定有什么蹊跷。还有一件事,我想你应该知道,她以前试图跳楼,好像很喜欢死亡一样。"

"很喜欢死亡?"小冉惊问道。

"我也不是很清楚,但我敢肯定,茹雪一定对死亡有着常人难以理解的兴趣。"

小冉惊讶的程度无以复加,她不知道茹雪小小的脑壳里究竟装着什么东西,竟然能够如此镇定地去想象这些事情,甚至去尝试。

"不要告诉任何人,这样会对茹雪造成很大的影响,她不喜欢被同情。"

小冉认同地点了点头,然后铃声就在耳边响起,小冉走进教室,但完全没有心思听讲,只是胡乱地想来想去,然后抱着书睡着了。这一天就这样不咸不淡地过去了。

萌生

夜晚，张宇生翻来覆去地睡不着，想到发生在眼前的种种，一时也不知该怎么办。他用手抚了一下头发，又用力敲了几下脑袋，仍感到很沉闷，索性用冷水冲了个头，冰冷的感觉让他很清醒，他竟然感到一丝愉快。一个舍友说："张宇生，你犯神经啊？这么冷的天用冷水冲头，是不是吃错药了？"

另一个接着说："要个性也没必要这样吧？和自己的身体过不去。"

张宇生没有接话，他用干毛巾擦了擦头发，躺在床上胡乱地用手瞎比画着，其他人看他这样也就不说话了。

13

茹雪的妈妈郝如芳坐在沙发上发呆，她一脸愁容，鼻子一动一动地喘着粗气，双眼紧盯着钟表，表针滴答滴答清脆地响着。她深深地叹了一口气，然后站起来，在房间里走过来走过去。她眉头紧锁，像今天这样的表情她真的很少有，她现在很压抑，心里很乱，很痛苦。想起这些日子以来发生的事情，就不由自主地皱紧了眉头，她不得不想，甚至现在她恨起所有的人来，一想到背叛她的丈夫就更加让她觉得恶心和一阵阵心痛。

茹雪的爸爸李博诚有外遇了，确切地说，他在外面已经有一个家了，而且他很坦白很直接地告诉了郝如芳。经过昨晚一夜的恶吵，也没能解决问题，而李博诚提出的是和郝如芳离婚，理由很简单，没有共同语言，觉得两个人的性格不对头，生活下去会很无味很痛苦，所以提出了离婚。这对郝如芳打击很大，她认为这是对自己的背叛，对这个家庭的逃避，所以她把火气和怨气都撒到丈夫和那个未曾见面的女人身上，她觉得自己很委屈，是其中最

大的受害者。而家庭的破裂对于一个女人来说,来自心理和社会双方面的压力是多么的沉重,所以她暂时拒绝离婚的要求,但一时半会儿又找不到解决的办法。

郝如芳反复地用手搓着自己爬满皱纹的脸,她的头发很乱,从昨晚她的丈夫李博诚摔门而去到现在,她一直坐在沙发上发呆,嘴里不住地自言自语,自我安慰式地给自己摆出种种理由证明是他背叛了自己。这样想着,一种强烈的怨恨袭上心头,她觉得这一切的一切,都是那个不曾见面但一定妖艳的女人造成的。她又坐了下来,细细地想起这些天李博诚对自己越来越冷淡,越来越多地发脾气,就恨得咬牙切齿起来,手不由得紧紧扭着沙发垫。

昨天晚上,李博诚喝得有点醉,脸红红的,回到家后,茹雪和她妈妈正在看电视。李博诚脱下外套,站在沙发边上,显然犹豫了很久,他还有些顾虑。也许是不忍心,所以喝了些酒,平时他是很少喝酒的。他停顿了一下说:"茹雪,你先回房去,我和你妈妈有事要谈。"

茹雪看着他,感觉要有什么事情发生,虽然不情愿但还是走进卧室。

李博诚拿起遥控关了电视,茹雪妈妈抬起头看着他,她有一种不祥的预感。李博诚咬了咬嘴唇,缓慢且沉重地说:"我们离婚吧。"

郝如芳当时就蒙了,强忍着泪水,但仍止不住心中的痛苦,她哽咽地说:"你要离婚吗?"在她看来,离婚是对一个女人最大的耻辱,她清醒地认识到这个男人要离开她了,他不爱她了,或者已经不能再用爱这个字眼了,但她想挽回自己的地位和尊严。"你要离婚,为什么?"

萌生

"我，我觉得我们在一起已经没有意义了。"

"没有意义？我们在一起生活了二十几年，你竟然说没有意义了，为什么？"她声音大起来，死死地盯着这个和她朝夕相处并很爱的男人，想起这些年的种种，泪水像决堤的洪水一样不停地流下来。

李博诚也是酒后吐真言，借着酒精壮大的胆子说："难道你不觉得吗，这些年来，生活不是我们苦撑着维持吗？我们确实存在很大的分歧，我们都在给对方演戏，其实我们心知肚明。"

"我不明白！"郝如芳大声地叫道。

"你不要装作不懂，我们的心里早就一清二楚，只是给自己留下可以心安理得做幌子的空位子，这还有必要再强迫着硬撑这个已经变得没有家的感觉的家吗？"

"不，我不想听，与其说这么多，你干脆就说不爱我了。你老实告诉我，你在外面是不是有别的女人了？"她仍大声地吼叫着，嘴里呼呼地喘着粗气，很委屈地盯着他。

"是的，我不爱了，并且我已经另有所爱了！"他也吼叫着，嘴巴张得老大，散发出阵阵酒气，似乎积郁了很久突然间爆发一样。

"哇……"郝如芳大声地哭了起来，嘴里大骂着："那个妖精是谁？谁把你迷住了？你这个负心汉，你，你，哇……"

茹雪在房里听到这些，早已哭成个泪人，她痛苦极了，压抑着不哭出声来，然后推开门跑出卧室，一直跑到门外，之后就是小冉遇到的情景了。

李博诚看着跑出去的茹雪，回过头冲着妻子嚷道："郝如芳，你大吼大叫干什么！这倒好，孩子都跑了，我看我们还是离婚吧！我算是彻底地明白了。"

"不！我坚决不离，我不会让你的阴谋得逞的！"她气愤地、

带着诅咒地、狠狠地说道,像是在对着一潭发臭的死水,痛快地、心安理得地、本能地大叫着。

"疯子,疯子,你疯了,你太顽固了,疯子……"李博诚像受到惊吓一样,带着恐惧的神色,颤抖地说着,然后扭过头从门里逃也似的跑了出去。随后是有些嘶哑但很响亮的哐的一声,门被重重地摔了一下,但门像个淘气的孩子一样,又欢快地张开怀抱似的打开了。

郝如芳从窗户里看着丈夫在街道上惊慌失措地逃走,脚步声连同人影迅速地融入了夜色中。这时,她才回过头来,看着屋子,好像从来没有见过眼前这一切一样。屋子里只有她一个人,很静很静,静得她都害怕起来。她盯着电视机,好像要过去吃掉电视机一样。天色很暗,秋风吹起漫天飞舞的灰尘,整个的天空显得像个病入膏肓的老人,苟延残喘着,星星像已燃尽油的灯芯,眨着疲惫的灰暗的眼,风很大,夜很黑。对面楼上的窗格子在风中叮当作响,都随了风变得嘶哑起来。茹雪的妈妈像个沉重的石头一样急促地、瘫软地、像被抽空了气的气球一样,无力地倒在沙发上。远处传来的欢乐歌声与这一切显得极为不协调。一只不知名的虫子按着喇叭嗡嗡地飞在她耳边,风像个贼一样,悄悄地但仍冷得像个冰块一样溜进了屋子。这个屋子看起来破败到了极点。

现在,她又站起来,慢慢地走向茹雪的屋子,轻轻地推开门,茹雪在床上躺着,她的头发散开着,遮住了眼睛,但脸上仍然能够看见两道清晰的被风吹干的泪痕。她气息很匀称,斜侧着身子躺着,两条腿在空中耷拉着。郝如芳越看越伤心,就哭了起来。她觉得这些日子以来发生的种种严重影响了女儿的生活,她很久很久没看见过茹雪笑了,那张挂在墙上的露出甜美笑容的茹雪的照片在她看来已经快认不出来了,而那照片仿佛带着讽刺似的欢笑着,格外刺眼。她真恨不得在脚底的地板上凿个窟窿跳进去,她的心是如此的落寞。

14

张宇生一觉醒来,拿来表一看,正好是凌晨五点。他坐起来,猛然记起昨天的事情,不禁感到疲惫。他很失落,茹雪的事情像座大山似的横在他面前,他突然觉得自己很渺小,很卑微,人的力量在这些事情上总显得那么微不足道。呆坐了一会儿,他穿好衣服,从宿舍里出来,到了校园里。校园现在还没有人,一夜的风在此时也不知躲到哪个角落里休息去了,一切都静悄悄的。大地也在沉睡,这种出奇的寂静让张宇生感到心安。他找了个台阶坐下来,准备等待黎明,等到拂晓划破长空的一刹那,他把这些琐事寄托给黎明,希望黎明能带来好运,希望这是全新的充满希望的一天。

黑夜和白天交接的过程是这个样子的:他感到一种缓慢的无法用肉眼看到但确实变化的颜色,一种沉沉的黑暗在不经意间缓缓地消退、缩小、再缩小,那夜的色彩也变浅,由浅变淡,一种无法捕捉到的奇妙意识能体会到这一切。天空也在变化,那张银幕仿佛在用水慢慢地冲洗,一点点地变得明亮起来,但一切仿佛在刹那间,夜就在人的注视之下悄悄地逃走了,只留下那耀眼的一闪,天就完整地变了个色彩,接着太阳越升越高,阳光照在了他的脸上。

张宇生站起来,一种春天才有的雨后的泥土芬芳扑面而来,像个调皮可爱的小孩子从他的鼻孔里蹦进去,他感到全身心地轻松,一种从黑暗到光明,从过往到未来的新生活仿佛在迎接着他。

阳光柔和地靠拢过来,校园里渐渐出现了人影,而且越来越多。

班长苏雄伟走过来说:"张宇生,起得这么早,怎么连头发上都有水珠了啊?"他细细打量着张宇生:"你不会在这儿蹲了一夜吧?"

张宇生没有理会,问道:"班长,你见茹雪在教室吗?"

"我还没去教室呢。"苏雄伟转过头对走过的杨芳云说,"杨芳云,你过来一下。"

当杨芳云走过来时他重复了张宇生刚刚的问题。

"她来了,在教室呢,怎么了?"说着看着张宇生。

"没什么,对了,你们俩帮我个忙,给我和茹雪请个假,理由你们自己编。"张宇生说道。

"你让我们撒谎?"

"随你们怎么想吧,我有自己的理由,你俩都得帮我,谢谢了。"张宇生说着朝教室跑去。

苏雄伟看着他跑远,双手一摊,回过头对杨云芳说道:"你看,他就是这个样子,总是不知道在忙些什么。"

"其实他也真够玄乎的,真不知道他是怎样的一个人,心里不知道在想些什么,一天到晚忙忙碌碌,看起来过得特充实,好像我们在虚度年华一样。"

"你说的很对,他从大老远跑来这里上学,他是他们那里的骄傲和希望,肩负着那么多人的期盼和希望。而且他这个人特别怪,跟先前被称为神经质的李教授打得一片火热,还有几分拿得出手的才华。不扯这些,你想想他和茹雪之间的事情。"

"是啊。"杨云芳也想起旧事,"那天课上他们的情形真让我吃惊,我还不明白到底是怎么回事。"

苏雄伟说:"老实告诉你吧,据我观察,张宇生是喜欢上茹雪

萌生

了。你说这茹雪也挺怪的,在班里总是沉默寡言,好像与世隔绝一样,总是那么的神秘,这不仅仅是我,也是同学们一致认为的。神秘的同样有张宇生,你看,他今天不知又要搞什么名堂,一会儿跟教授怎么说?"

"我也不知道,看来只好撒谎了。"

"嗯,只好撒谎了。"苏雄伟摇了摇头,无奈地向教室走去。

张宇生径直跑进教室,然后走到茹雪位置旁一下子把她拉出了教室。茹雪被这突来的举动吓到了,问道:"你,你怎么了?"

张宇生不听她的,径直把她拉下了教学楼,然后说:"我们到校外去,我有重要的事对你说。"

茹雪低声但仍疑惑地说:"有什么事非要到校外吗?"

张宇生看了看她,深深地吸了一口气,没有再说话,不由分说地把她拽出了校园。

到了校园外,他转过头看着茹雪问道:"你昨天怎么没来?"

"我,我昨天生病不舒服。"茹雪眨着眼睛低低地说。

"你骗我,你的眼睛在不停地眨,你的眼神告诉我你在骗我,你前天晚上在哪?"张宇生略显激动地问道。

"我在家。"

"住口!"张宇生气愤地大叫道,把茹雪都吓了一跳。他怒气冲冲地说道:"你为什么要骗我? 你打算要骗我到什么时候? 你知道吗? 当听到你准备寻短见的时候,我的心有多痛。你的做法太残忍了,仿佛在我的心上狠狠地捅了一刀。难道这一切就是你想得到的吗? 你为什么要去跳大桥?"

茹雪低着头,没有说话。

他接着说:"你很自私,你明知道有人很在乎你,可你偏偏假装着不懂,只知道挑逗别人的情绪。你真正地袒露过你的心声

50

吗？没有。这是不公平的,这样的交往不平等。你让我无法想象,到底是什么事情把你弄成这样,这事情也的确够伟大!"茹雪听着哭了起来,她轻摇着头哽咽地说:"我没有,没有……"

张宇生深深地舒了一口气,努力克制自己平静下来,使自己的语气听起来不那么激动,说道:"请你告诉我到底发生什么事?"

他真的很想听听从眼前这个文静的女孩口中说出的事实,他在期待。但他错了,茹雪并没有,他的做法反而更加激起茹雪的泪水。张宇生只好认输了,只好向面前这个独特的女孩屈服,他拉了她一把说:"我们去你家。"

"不,我不去!"茹雪一个劲地摇头说着。

"相信我,跟我去。"

"不!"

"那要等到你去寻死吗?"

茹雪不说话了,被张宇生机械地领到了家门口。

"你先进去。"张宇生说道。

茹雪略显迟疑地开门进去了。茹雪的妈妈郝如芳正从厨房里出来,看见女儿进来,疑惑地问:"茹雪? 你怎么回来了? 不是说好去学校的吗?"

茹雪回过头看看门,张宇生没有进来,她轻声且语塞地说:"我,我……"

张宇生正待要进去,小冉在后面叫住了他。张宇生问道:"你怎么来了?"

小冉喘了喘气说:"我去教室,他们说你拉着茹雪走了,我就一路上跟着来了,茹雪呢?"

"她进去了。"

萌生

"我们也进去吧。"

张宇生推开门,走了进来,茹雪看见小冉,疑惑地看着张宇生,他没有解释。郝如芳更加疑惑了,但她认得张宇生,有些不太自然地说:"来,别站着,过来坐在这儿。"

他们坐下后,竟不知怎么打开话题,最后还是郝如芳问道:"你们不上课来家里是不是有什么事情呢?"

张宇生赶紧回答道:"没有,只是我要向您寻求几个答案。"

郝如芳听后,勉强地笑了笑,使得自己的精神状态好起来。

"叔叔哪去了?"张宇生问道。

"噢!他去忙一些事情。"郝如芳说着看了看茹雪,见她头始终低着,没有揭穿的意思,就显得自然了起来。

"你家里没有发生什么事吗? 或者发生点口角之类的事情。"

"没有。"

小冉觉得这其中一定有什么问题,就问:"您和叔叔一定很和睦吧?"

"是的。"虽然郝如芳回答得很干脆,但小冉还是从她的眼神中看见不易察觉的闪烁,问题应该就在这里。

"没有什么矛盾吗?"

"怎么了? 孩子们,你们究竟想知道什么? 我们家挺好的,你们反而把我弄糊涂了,你们要干什么?"郝如芳感觉到了什么,她赶紧把话题转移过来,掌握了谈话的主动权。

小冉无话可说,撇过头看了看张宇生。

"我们要知道真相。"

"可这就是事实。"

"您撒谎!"张宇生变大了声音说,"您从一开始就骗我,我上

次来您家的时候您就在骗我。"

"我骗你？哈哈。"郝如芳勉强笑了笑说，"我骗你什么？"

"您骗我说茹雪得了忧郁症，当时的确把我给蒙住了，但我现在算是彻底地明白了，她并没有得什么忧郁症，她只是内心非常的痛苦，她只是因为你们才这样。而您竟然骗我，竟然拿这种事来骗我，还流了几滴虚假的眼泪，您真的让我感到不可思议。"

小冉和茹雪好像听傻了一样，默默且惊愕地听着只有他们两个才听得懂的话。

"我，我只是，我……"

"不要再圆您的谎了，阿姨，您知道吗？茹雪因为这事竟要去寻短见，要去跳楼。"

"还有前天晚上要去跳大桥。"小冉赶忙补充说。

郝如芳猛地站起来，看着茹雪好似自言自语地说："这怎么可能？茹雪，你告诉妈这不是真的，他们说的都不是真的！"她急促地追问着，眼里涌出了泪水，"你告诉妈妈，他们说的不是真的。"

茹雪抬起头哭泣着叫了声"妈"，就说不出话来。郝如芳走过去一下子抱紧了茹雪，声音变得嘶哑地说："孩子，你怎么这么傻，是妈对不起你，你怎么能做这种傻事呢？是妈太过于固执了，是妈自私，妈对不住你！"说着两个人哭成了一团，小冉看着眼角也湿润了。

过了一会儿，她们的哭声渐渐止住了，茹雪的妈妈用手擦干泪说："张宇生，是阿姨不对，上次没有跟你说实话，我就把实情告诉你吧。她爸爸现在正和我闹离婚，说起来这是家丑。不只是他觉得，我也认为这样拖下去不是个办法，但我一想起茹雪就……"说着又哭了起来。小冉赶紧安慰，她才接着说："我和他的关系闹得很僵，这种情况已经持续了两三年了，这些日子也算

萌生

是苦了茹雪了。她爸爸认为我和他没有共同语言，日子过得无味，一天到晚死气沉沉，根本找不到家的温暖。他现在在外面已经有一个相好了，所以他连家都不回，前天晚上回家吵着要离婚，这也是我意料之中的，但是阿姨很虚伪，还得顾及这张颜面，所以就和他苦撑着。或许是我不对，但我觉得是他爸爸背叛了这个家，他现在有家不回，舍弃了我们母女，这能怨我吗？他……"郝如芳说了半天总算是停下了，小冉和张宇生惊愕不已，被这种想都想不到的复杂家庭关系给惊得陷入了沉思之中。随后张宇生迟疑地问："您不能和叔叔坐下来好好谈谈吗？你们的分歧在哪？可以从分歧入手化解啊！"

"不可能了。"郝如芳摇摇头说，"你们还是孩子，有些事你们不会明白的，感情上出现了裂痕是无法修补的，一辈子都不可能了。"

"真的是这样吗？感情真的就会这么敏感这么脆弱吗？"小冉问道。

"是的，也许等到将来，你们会懂得，可阿姨不希望你们懂，不要像我一样，要一辈子幸福下去。"

张宇生此时心里特别乱，他胡乱地思考了半天，想起那天见到茹雪父亲的情景，怎么也想不到他会是那样的人，一时间不知道该怎么办。

茹雪送他们出门时，终于抬起了头，小冉看到茹雪的眼里满是泪水，但她在极力克制着，小冉安慰道："想开点，茹雪。"

茹雪低声地说："其实我爸爸挺好的，不像你们想象中的那样。"然后就转身回家了。

小冉和张宇生在街上漫不经心地走着，谁也不说话，在心里各自盘算着。夕阳的余晖下，他们俩的影子被渐渐拉长直至

消失。

小冉回过头来看着张宇生说道:"茹雪的日子真是挺困难的,她那孤僻的性格原来是受到家庭的影响,真希望她能够好起来。"

"相信我,并且我们一定要坚信,一切都会好起来的,一切都会过去的,等待我们的是美好的明天。"

小冉点了点头,然后两人各自回宿舍去了。

张宇生想起今天发生的事情,一脸愁容,他胡乱猜测了半天也没有结果,索性一头栽在床上睡了起来。天明了,又黑了,时间就那么匆匆地溜走,一眨眼一天就过去了,让人来不及感慨,来不及等待。张宇生坐在床上,头一抬猛地撞到了房顶,疼得他抱紧了头使劲地揉,但这一撞把他也撞醒了。他抱头僵在那里,想了很多,他想到了自己的父母,想到茹雪和她的一切,不由自主地悲伤起来。他感到生活是如此的难以捉摸,他甚至觉得人有时候还不如动物,思想和情感给了人太多太多的包袱,把一个人弄得喜、怒、哀、乐,让生活变得五花八门,让人变得五彩缤纷,有真善美,也有假丑恶,但真正累人的是那不甘寂寞的心。张宇生觉得应抓紧时间,快乐充实地生活,因为生命是如此的短暂,也许明天,也许在不久的将来,在他正当风华正茂的时候自己的生命会被突然结束。生命的脆弱本就是如此,就像茹雪,随时都有可能结束自己的生命,所以每一个人都要爱惜自己的生命,抓紧时间好好地享受生命的美好。但现在,他却想一觉睡下去,永远不要醒来,或者在睡梦中体会那生命的美好,在现实中找不到他想要的生活。他忆起童年的点点滴滴,儿时的欢乐是那么的令人追忆啊,而长大了仿佛死去了,原本那颗心不再具有纯真,不再抱有美好的幻想,他甚至想到人不如在二十岁之前死去,那样,美好就能永远停留在人们的幻梦中,与其在今后的生活中身心伤痕累累,还不如

萌生

此刻在树荫下长睡不复醒。他躺在床上,闭着眼睛,思绪翻江倒海,他翻来覆去地睡不着,索性与室友一同玩起了扑克。

15

郝如芳看着茹雪,看着这个小时候活蹦乱跳的小姑娘变成现在让人担忧的大孩子,心里有种说不出的滋味。电风扇始终开着,风呼呼地吹着,以求来降低这燥热的人心。茹雪看了看妈妈低声地说:"妈,你是不是对爸爸充满了恨?"

妈妈抬起头来,忧伤地说:"恨?我对你爸爸没有恨,我感到的是失落和绝望,是对他无情地抛弃的怨。"

"爸爸不是那种人,你也是知道的。"

"我知道他不是那种人,但是这么多年我对他了解太深了,他要和我离婚,这是改变不了的,原先他是担心你,现在看来是没有什么牵挂了。他在外面已经有一个女人了,这是背叛!背叛我,背叛这个家!先前我还以为他是个值得托付一生的人,可我走到这半辈子,就走到尽头了,你爸是个负心汉。"

"妈,求您了,不要再说了!"茹雪一个劲地摇头,泪水涟涟的。

"好,妈不说了,你早晚会明白的。现在我们不应该在这个事上伤心,为了这样的人不值得。"郝如芳突然改变了语气大声且严肃地说,"茹雪,你答应妈妈,别再做傻事了,那样妈妈也没有勇气活在这个世上了,答应妈妈好不好?"

茹雪哽咽着点头。

"好了茹雪,你去睡觉吧,明天早点去学校。"郝如芳勉强让自己看起来有些精神。

茹雪站起身走向卧室。现在,只有郝如芳一个人坐在客厅里,她顿时瘫软在沙发上,刚才在女儿面前她故意装得那么坚强,可有什么能掩饰她内心的脆弱?她拿起一本书胡乱地翻着,心里感到烦躁不安,她苦苦地思索着,该怎样去面对,是和李博诚干耗着,还是拉下脸来和那个女人大吵一番?要不低下头向他求和?可瞬间她就否决了自己的想法,她眉头皱成一团,蜷缩着身子赖在沙发里,显得孤苦伶仃,惹人心疼。

16

张宇生在学校找到茹雪,对她说:"给你爸爸打电话。"

茹雪看了他一眼,没有理会张宇生。

"你倒是打个电话说说呀。"

"我该说什么?"

"打通了再说。"

茹雪只好拿起手机翻出通讯录,迟疑了一下,然后又放回口袋了。

"你……"张宇生有些生气了,"好吧,下午我们去你家。"

下午,在茹雪的家里,在张宇生的劝说下,郝如芳终于拨通了电话。听到那头的回应后郝如芳说:"李博诚,不要以为我现在给你打电话就说明我拗不过你,星期天你把那个女人带来,我们见面谈谈。"

电话那头思考了半天说:"好吧,郝如芳,你能主动向我提出和解,我真的很感激……"

"见面再说吧!"然后郝如芳挂断了电话。

一切都似乎为了这次谈判做准备,张宇生显得很忙,像要做

萌生

一次学术研讨一样准备着,小冉也表示要去。郝如芳对家里进行
了大扫除,她不愿让李博诚看到自己因为这件事而颓废的样子,
并且坐在镜子前提前开始演练似的,讲着自己的种种理由,准备
以毒辣的语言攻击那个从中作梗、导致她家庭破裂的女人。她在
房间里来回地查看着,甚至对着镜子化了一次妆,以此来告诉别
人自己过得很好。

星期天到了,早上郝如芳突然变得紧张起来,她从来没有如
此紧张过,何况现在是要与自己共同生活了二十年的男人谈判。
她在房间里来回走动,喝了一杯水,做着深呼吸,使自己慢慢地放
松下来,并且预想着待会儿怎样去说。

小冉和张宇生也早早来到茹雪家,茹雪仍然睡着。见他俩
来了,郝如芳就去催促茹雪,一会儿茹雪也起来了,郝如芳说要去
做饭,被小冉止住了,小冉知道其实她现在也没有心思做饭。

他们静静地坐在客厅,时不时地看看表,有一搭没一搭地说
着话,眼睛时刻盯着墙上的钟。时间在此时似乎静止了,每一分
每一秒都像被无限拉长,使人煎熬。

门铃终于响了,所有的人都变得紧张起来,茹雪去开门,原来
是找错门的,四人顿时松懈下来,郝如芳赶紧松了松僵硬的脸。

门铃第二次被按响了,这次是真的来了,不可能有一天之内
按错两次门铃的闹剧。郝如芳让茹雪开门,她自己则随时准备好
了以满脸怨气相对,茹雪在门口叫了声爸,郝如芳立即摆出另一
副表情。李博诚慢慢地走进来,屋内几人同时站起来,接着走进
来一个人,李博诚用手扶着她。郝如芳一时激动,准备说让这个
女人滚出去,但她震惊地叫出了声:"张少茵? 是你?"

"你们认识?"小冉一时脑袋短路,这是多么狗血的一幕啊。

"郝如芳,有什么事我们坐下来谈。"李博诚用手扶着张少茵

坐在沙发上说道。

张少茵用耳朵听着声音说："郝如芳,我们二十年没见了。"

"你,你眼睛怎么了?"

"有一年得了眼膜炎感染至盲的。"

"你瞎了?"

李博诚说："不要问这些了,事实摆在眼前还有假吗?"

郝如芳强作镇定,她事先的准备在这一次意外中失去了作用,一时半会儿变得慌乱起来,小冉赶紧过去扶着她。她说："李博诚,想不到你要和我离婚是因为张少茵?"

回忆慢慢涌上心头,郝如芳想起他们三个一起上大学那会儿的情景。她和张少茵是最要好的朋友,李博诚是她们的大学同学,她们两人同时爱上了李博诚,但李博诚却喜欢张少茵。她为了得到李博诚,私自捣鬼弄得他们俩分开,自己则乘虚而入,最后和李博诚走进婚姻的殿堂。毕业后张少茵也不知所踪,现在突然地出现在她面前,让她不知所措,原本以为这件事就算被知道,那也是二十几年的事情了,谁会把它揪出来,没想到这一幕真的就在眼前。她不愿让人察觉出她的不安,故作镇静。

李博诚说道："不是的,郝如芳,我告诉你,就算没有张少茵我也会和你离婚的,我们实在没办法生活下去了,现在我又遇到了少茵,我才真正了解到当年我们错过的那份感情,希望你不要把气撒在她的头上,她是无辜的。"

张少茵情绪有些激动,李博诚用手扶着她,继续说道："少茵本来是不打算来的,但我说服了她,有些事情早晚得面对,不如现在把话说清楚,早点解决的好。"

"李博诚,"郝如芳大声地说,"我做错了什么,你就那么讨厌我?"

萌生

"你没有做错什么，反而我还要感谢你这么多年来照顾这个家。"

"那是为什么？"

"因为我们不爱对方了，我们从来就没有把真心袒露给对方，我原以为时间会把这一切都抹淡，但我错了，我现在是一天也坚持不下去了。"

小冉原以为今天来可以插上嘴说几句话，但此刻她和茹雪还有张宇生好似局外人，在这里只有听他们说话的份儿。

"难道我没有真心待你吗？我可是为这个家尽心尽力了。"郝如芳说。

"那是你认为，在生活方面，你确实做得很好，但是这不是全部。我们每天都在给对方演戏，这样的日子我过够了，也累了，提起这种生活我简直害怕，所以我不能再欺骗自己，希望你也不要太固执，该放手就放手吧。"

"那我以后怎么办？你想过没有？"

"这个你应该有办法的。"

然后他从口袋里掏出一份文件，递到郝如芳面前，郝如芳接过文件，是一份离婚协议书。李博诚继续说："在上面签个字吧，我们都会解脱的，我想好了，房子归你，茹雪由我来抚养，她可以选择跟谁住在一起，我不会限制她跟我们彼此往来。"

郝如芳看着这份离婚协议书，愣在那里。这一切对她来说，仿佛是设好的一个局，等着她去钻，她感到失落和难过，这跟她原先想的完全不同，她一时难以接受，伤心极了。李博诚看见她没有要签的意思，就把张少茵扶起来说："郝如芳，如果你没有想好，就晚上签吧，我明天来取，有什么要求就写上去。"然后朝着门口走去，临走回头对着茹雪说："女儿，爸爸明天再来看你，希

望你能够明白爸爸,原谅爸爸!"

郝如芳眼看着李博诚就要从门里走出去了,她明白,李博诚这一走就再也没有回头的可能了,一时间,所有的委屈,所有的失落,所有的愤怒和怨恨涌上心头,她激动得难以控制,大声地叫道:"李博诚,你不能这样对我,你是不是因为这么多年来,我没有替你生个孩子而耿耿于怀? 是不是因为茹雪是捡来的就要与我离婚?"

"住口,你这个疯子! 你疯了,你干吗要说这种话?"李博诚惊得吼起来,愤怒地看着郝如芳,眼里的怒气好像要喷出来。

郝如芳立即意识到自己的失言,看着茹雪说:"茹雪,妈骗你呢,妈一时心急就编了个理由,妈说的不是真的。"然后哇的一声哭了起来。所有的人都蒙了,张宇生看着茹雪一脸茫然,竟一时不知做什么好,小冉也呆站在那里。

茹雪的脸色越来越难看,她茫然地看着郝如芳,又看了看李博诚,然后哭着从门里跑了出去。郝如芳立即明白了,大惊失色地嘶哑着嗓子喊道:"快! 李博诚,茹雪要寻短见啊,快去追她。"

李博诚一听,头也不回向门外飞也似的追了出去,随后众人也紧跟了出去。

茹雪脑子里一片空白,她的耳畔仍旧回响着"你是捡来的"话语,这句话像个魔鬼一样愈来愈响地钻进她的脑子,她双手捂着耳朵,不顾街上的汽车,飞快地奔跑着。

"茹雪,你停下来,听爸爸说,那不是真的,停下来,你听爸爸说……"

车一辆接着一辆在街上飞驰而过,没有人注意到这个伤心焦急的男人会横闯马路。车噌的一声急刹住。

"爸!"

萌生

"叔叔!"

"李博诚!"

所有的人同时惊叫起来,街上马上有人围了过来,李博诚倒在血泊里,司机一看不妙,扔下车狂奔而去。

"快! 快叫救护车! 叫救护车!"郝如芳向四周喊道。马上有人拨通了医院的电话。

"爸,爸……"茹雪满脸泪水地哭喊着。

李博诚终于睁开了眼睛,有气无力地对着茹雪说:"茹雪,答应爸爸,别做傻事,你是个大人了,不要想不开。"

"爸爸,我答应你,我答应你,呜呜……"

他转过头看着郝如芳和张少茵,郝如芳哭喊着说:"我答应你,我们现在就离婚,我马上签字。"

李博诚说:"原谅我。"

"我原谅你,我原谅你,你要振作起来,我们等你好起来。"

"少茵,看来我要失言了,对不起。"说完李博诚的头垂了下去。

"爸——"茹雪撕心裂肺地喊。

"李博诚,你不要吓我,救护车来了,你看医生来了。"

医生迅速跳下车,检查了一下,站起来宣布伤者已经死亡。随后便是令人伤心欲绝的哭喊声。李博诚的生命就这样直白惨烈地结束了,他倒在血泊中,任凭身边的人如何哀号呼喊,就这样静静地躺在马路上。小冉实在看不下去了,她想改变些什么,却发现自己无能为力,泪水从她的眼眶汹涌而出,她看着眼前的一切,除了流泪,什么也做不了。

小冉不知道这一切是怎么结束的,这件事对她的打击实在是太大了,让她短暂地失去了记忆的能力。可想而知,这一切对于

茹雪来说,打击更大了。小冉不知道茹雪能不能够承受得住这样的打击,但她也无能为力,除了安慰,别无他法。

时间随着我们每天撕下的一页日历渐渐地从生命中隐去,假使相信永恒,我们也只能模糊地感觉到它的停留。生命,也就如同这逝去的岁月一样,悄然地隐去了。也许我们要感慨这逝去的弥足珍贵,也许我们要为这过久了的烦闷日子感到厌倦,也许总在那么多的也许之间,我们就把自己的愿望倾注,倾注于一种爱,一种生命,一种感悟,并且相信它会美丽,顶纯洁的美丽。

假如相信生命美丽,我们是否会蜕变成另一副模样,随着生命的增长而渐变渐美,那处在山畔的心愿怎么就那样坚定地呼之欲出? 或者和着悲伤,隐逸地过活。而我们最后总是相信现实,相信这触手可及的明显的存在,或压根就没有信赖这虚幻的东西,亦如思想,亦如情感。

小冉多么希望春天早点来临,随着万物的复苏,茹雪的心情也许会好受一些。这些日子,她几乎没有见过茹雪笑,就连表情舒畅一些也没有,总是一脸的愁容和悲伤。小冉多么想陪她好好地说说话,开导开导她,可小冉没有,小冉知道茹雪确实需要安静地过一阵子。即使安慰,也不应该是小冉去,张宇生比她更适合。

17

风很强烈,小冉躲在宿舍里看着一些心灵鸡汤式的书,对着窗台发呆。阳光慢慢地从窗台上移去,屋子越发变得冷暗起来,小冉没有开灯,而是默默注视着这残留的一丝光线。那光线是如此温暖耀眼,小冉闭上眼睛,想起了那个明亮温暖的春天,在山野里,她一个人快乐奔跑的画面。山间开着许多黄色的小花,草儿

萌生

长得很旺盛,青青翠翠的,蝴蝶和蜜蜂争抢着在花丛中飞来飞去,各种鸟儿飞鸣着,发出悦耳的声音,田地里黄牛在卖力地耕种着,小牛犊竖起尾巴飞快地奔跑着,潮湿的风迎面吹来,像被外婆温暖的手抚摸着……想着想着,便进入了梦乡。

九月的天气,变幻无常,白天刮了一天的风,到晚上就销声匿迹了。天空晴朗,月光分外的明亮,快到十五了,这月又盈盈缺缺地变得圆满起来。小冉一骨碌爬起来,心中有些说不出的感觉,穿了件大衣就往外走。

小冉终于明白了她想要的是什么,是慰藉。尤其是在这样的夜晚一个人独自走在校园,她才明白,能够有一个人值得倾吐心声才是她想要的。今晚的月亮好圆,月光穿过天穹,洒在这充满寓意的大地上;月光在跳跃,在天地间反复地弹动,像极了跳动着的音符,正在鸣奏着万物的善歌。月像一个使者,更像仁慈的上帝,它明得透彻,是那样的洁净,那样的照耀心扉,那样的使人虔诚。是的,在月光下,尤其在这个夜晚,每个人都应是个虔诚的信徒,是个亘古不变的追随者。因为夜也是明亮的,反而变得比白天更美丽起来。这夜晚很幽静,四下里听不到一点声音;这夜晚也不失温和,明晃晃的月光便是最慈爱的手。小冉发现这月光有一种神奇的力量,它可以洗涤人的心灵,像万能的神药一样洗去人心底的阴霾和创伤,使人暂时忘记所有的痛苦,短暂地享受愉快的时光。月光会使人懂得失去和拥有的意义,失去了未必痛苦,拥有了未必快乐,真正的在于内心的感受,在于对事物的态度。清水静流,月光倾泻,这是一幅动态的画景,若王维在此,肯定要吟诗了,可小冉不能。这美好的夜晚小冉该做些什么呢?倾吐自己的情感?可她只有沉默,因为在这夜里,她暂时地失去了想象和判断的能力,只能看,只能听,只能感受这美妙的境遇。

64

小冉现在彻彻底底地忘却了未来，迷失了方向，就像徐志摩"我不知道风在哪个方向吹"一样，小冉不知该走怎样的路，尽管前面的路还很遥远，但她只能低着头，默默地静观着将要发生的一切。小冉不禁感叹人世的玄妙，这个世上充满了无尽的欲望，而又缺乏太多的机会和怜悯，这样就有了足够的受伤者，而她就是其中的一个。她不知道自己该去追逐，还是放弃，毕竟真爱不常在，可理性告诉她有时候喜欢的不一定要得到，但是她又不能左右自己的情感，不能把自己的情感收放自如。她爱张宇生，张宇生却爱茹雪，茹雪又是怎样呢？谁也不知道。正因为这样，小冉才万分痛苦，每天见面强装欢笑。可她不能欺骗自己的内心，她怕现有的局面在某一天被打破，那么她就连强装欢笑都没有必要了，她会彻底地失去张宇生和茹雪这两个对她同样重要的人。

　　张宇生忽然约小冉出去，他们去了一块农田，在旁边的一个屋里谈话。这里的秋意很浓，果实还没有全熟，但浓烈的秋意早就弥漫了整个空间。

　　"你相信命运吗？"张宇生问。

　　"我不知道什么是命运。"小冉说。

　　这时一阵风吹来，扬起了小冉的头发，还有整个田地的农作物，秋味也在这风中摇曳起来，小冉不禁念起了一首诗："萧瑟秋风百花亡，枯枝落叶随波荡。竹坞无尘水槛清，相思迢递隔重城。"

　　张宇生看了看小冉说："我带你去个地方。"

　　小冉随他来到了农田的中央，他俩被淹没在了庄稼地里，四处的风好像突然静谧了，他俩就像处在安静的没有世俗纷扰的世界。张宇生转过身来对小冉说："小冉，你闻，这是什么味道？"

　　小冉闻了闻然后看着张宇生，一脸疑惑，她不知道张宇生想

萌生

让她做什么。张宇生则笑着对小冉说："我们是时候摆脱压在心里的一切不痛快了，你瞧，这里的一切，不论丑的美的，高的低的，都据守着自己方寸的土地，从来没有动摇，从来不会因为天气干旱而放弃，它们始终朝着一个方向努力着。到了秋季，它们就会结出果实。而我们的命运不也是如此吗？只要我们能够坚持，不管现在或将来发生什么，我们都会有一个美好的未来，收获的同样是美好的果实。"

"你想要告诉我什么呢？"小冉听出了他话里的寓意。

"你有什么放不下的？为什么你现在这样的消沉？我刚认识你的时候你不是这样的。"

"人是会变的。"

"那又怎么样呢？你不应该这样，小冉，你告诉我，你究竟是怎么了？"

"是因为爱情。"小冉咬了咬牙对张宇生说。

"爱情？"张宇生想了想说，"小冉，你告诉我爱情在你心里是怎样的？"

"我不知道它的形状，也不知道它的体积，虽然它没有形状和体积，却又活生生地存在着，它充满了我整个内心，充满了我整个脑海，它究竟是什么我不知道，但我敢肯定，它现在是如此强烈地支配着我，使我不停地快乐和感伤，你能感受到它吗？"

"小冉，你爱着谁？"

"你！"小冉也不知为什么会一下子说出来埋藏在心底的话，然后羞怯地低下了头，又慢慢抬起来看张宇生的反应。张宇生很平静，好像不曾听到什么，也不做什么回答，只是呆呆地看着小冉。看到是这种情况，小冉也大胆起来，双眼直勾勾地盯着张宇生。

66

他俩就这样站着互相对望着，不知道过了多久，小冉感到自己的双腿都快麻木了，可张宇生还是一动不动地看着她，小冉只好投降，把目光移开。张宇生开口说话了。

"你凭什么爱我？"

"爱一个人还要有理由吗？我只是尊重自己的情感，尊重自己的爱情。"

"可你让我怎么办？我不知道该怎么办了。"

"为什么？"

"因为……"张宇生看着小冉不说话了。

"因为茹雪，你爱她对吗？"

"我……"

"你放心好了，"小冉故意很开朗地说，"我只是告诉你我的感受，我并没有要你承诺我什么，我尊重自己的感情，我只想说出自己的心声，不会向你索取什么的。"可说完后，连小冉都觉得自己的话很假很违心。

"不是这样的，"张宇生说，"我只是觉得我现在还不能够答应你，例子就在眼前，我得对自己的事情负责任，可现在我没有这个能力，我保护不了任何人，尤其是在我心里最脆弱的人。"

"是茹雪吧？"小冉接话道，"她应该懂得怎么做，她不会不明白的。"

"不仅仅是她，还有你。"

"我？"

"你的人生是什么？"张宇生突然转移话题，让小冉有些不适应。

"我的人生？"

"想想看。"

萌生

　　听了张宇生的话,小冉想她的人生是什么呢？她究竟需要什么？可竟连她自己都不知道,这真是一种悲哀,如果不是张宇生问她,她估计不会静下心来思考自己的人生。人生,一个好博大的词啊！小冉要从这两个字里品出味道来。小冉久久地呆望着,望着遥远的天际,群山相绕着,像盘裹在一起的面包团,这里的山不是那么陡,也不是那么低坦,而是一种很平缓的势态,没有边缘,又好像处处是边界,山也是黄色的,像披了一套醒目的黄装。清风轻拂,小冉眼前的玉米秆一晃一晃的,好像在小冉的目光里跳舞,风吹动它们的长叶,风中立刻多了一支摇曳的曲子,这一切是多么的自然,多么的令人神往。它们从来不曾问过缘由,也不知发展向何处,它们只是这样勃勃向上地生长着,欢乐着,也收获着,难道人生也应如此吗？像这大自然一样,不需要任何缘由,只需尊重自我本身的潜能,只是服从了内在的力量,不问缘由地慢慢地生长,难道这就是人生的寓意？小冉眼前一亮,好似多了一个太阳,是那么的耀眼,她扭过头告诉张宇生刚刚想到的人生。张宇生听着,眼睛睁得老大,惊愕地看着她,神情是那么不自然。小冉侧了一下头问道:"有什么不对吗？"

　　"没有。"

　　"那是因为我说得太不现实了？"

　　"也不是。"

　　"那是为什么？"

　　"我太吃惊了。"

　　"吃惊？怎么了？"

　　"你对人生的理解是如此的独特,你知道吗？一个人对人生的理解是什么,那他就将活成什么样的人,即使他所做的一个比喻,也渗透了这方面的意象。你很爱自然,你很淳朴,你很善良,

你很美,这一切都是自然具有的特色,你对人生的理解是这样的美好,我想你的爱情观也是这样吧?"

"是恰巧还是?"

"应该是追随吧,爱情是人生的一大范畴,它当然要和人生相吻合了。"

"那你呢?"

"我想应该是一块向阳的田地,在那个向阳的坡上,种植着一片向日葵,它们长得很茂盛,正值盛开的夏季,那金黄色的笑脸是那样的美丽,那样的迷人,那样的让人心醉。它们欢笑着,在阳光下,它们是那样的耀眼,它们给人一种力量、一种活着的力量,看到它的人,就看到了希望。"

"你想得好美!"

"远不及你的。"

"没有,你也是一个热爱自然的人啊,我发现我们有很多地方相似,不仅仅因为爱好,更因为对这一切的领悟,说实话,我不知道在我的生命里会突遇到你,还有茹雪,我不知道我们是否是彼此生命里的过客,但我很欣慰,能够有一次快乐的相逢也是无憾的。"

"你很美,"他说,"像一朵百合。"

"那茹雪呢?"

"她是一朵雪莲。"

"你更喜欢哪一种?"

"我不知道,不要逼我做选择。小冉,你知道吗?从我认识你们俩的那一天起,你们就连着我的血脉,我不想抛弃任何一个,即使不能够拥有,起码我还能够和你们聊天、说笑,或者躲在角落里默默地注视。这很美妙。"

萌生

　　小冉抬起头看着张宇生,他很随意地坐了下来,小冉也跟着坐下来,这样他俩便在这个世界上"消失"了,整个农田里彻底看不到他俩的影子了。他俩静静地坐着,谁也没有再说一句话,只是这样安静地坐着,各自或听或看着这美妙的一切,静静地萌生出一种快慰,一种处世的祥和、随遇和坦然。

　　小冉根本不想起身,因为这清净真的好惹人喜欢,只是黄昏催着小冉说:"快快走吧,把这里的一切都带走吧。"小冉才恋恋不舍地站起来,带着记忆,不舍地离开。

　　回去的路上,遇到了茹雪,她老远就躲开走了,他俩赶紧追上去。不知为什么,小冉看见茹雪身上总是环绕着一种虚幻的光环,仿佛敦煌壁画上的飞仙,总是给人一种距离感。在小冉记忆中,十年前的茹雪不是这样的,认识茹雪的人,像小冉,谁也不会想到十年后的茹雪竟会是这个样子,小冉强忍着自己的感受,关心地问道:"茹雪,这么巧,你去哪?"

　　茹雪看了看他俩,眼里露出一种不在意的神色,从嘴角浮出三个字:"瞎溜达。"

　　"瞎溜达?这个时候?"小冉问。

　　"那你们呢?"她睁大眼睛看着小冉说。

　　"我们去了一块农田。"张宇生回答道。

　　"你好会享受生活啊,张宇生,你真会享受,美景、美人,真是让人羡慕。"

　　"不是的。"他俩异口同声地说。小冉看了看张宇生,他接着说:"我们俩只是去畅谈一下人生。"

　　"人生?"茹雪低下头思索起来,一会儿抬起头看着他俩,"有结果吗?"

　　张宇生说:"有,我和小冉谈论了一下,觉得人活着就应该活

出一种意境,活得踏实和自然一些,不去虚度时光。"

"仅仅如此?"

"你认为还有什么呢?"小冉问。

茹雪眨了眨眼睛说:"我想问你一个字。"

"什么字?"

"韵。"

"韵?"

"你能想到什么? 和你的人生。"

韵? 小冉闭上眼睛,仿佛要从这个字里钻进去,她努力地想着和这个字有关的典故,但她毫无头绪,脑子里空乏成一片。小冉感到这个字是万般的沉重,因为这是茹雪的问题,小冉觉得这个字一定有什么不同的意义在里面,但任凭她想疼脑袋就是没有零星半点的解释。她只好睁开眼说:"我什么也想不到,所有我知道的典故都是没有韵味的,应该都不是你想要的答案。"

小冉又回过头看了看张宇生,希望他能给予一点帮助,但他也无能为力。

茹雪舒了口气,平静地说:"你们把它想得太深奥了,不要把有些东西想得那么深奥,其实它就是你看上去的那么简单,何必刻意地深化一些事情呢。简单来看,生活是需要韵味的,不能一味地追逐平淡,向往自然,那么这人生会是何等的枯燥,人生应该具有韵律,从平仄中,从起伏不定中体会五味人生,这样的人生才有价值,你们说呢?"

小冉无言以对,张宇生的吃惊不亚于她。张宇生被茹雪的生活态度给征服了,就在这一刻,小冉认为她输了,从张宇生吃惊的表情里看出,他太欣赏茹雪了,他注定是喜欢茹雪的。而她呢,只能被干耗着,即使她不认输,但又有什么意义呢? 她只能假装着

萌生

什么都不知道。

"茹雪，这五味的人生到底是什么？"张宇生问道。

茹雪用手拂了一下头发，一阵风把她的头花给吹了下来，张宇生赶紧跑过去捡起来还给她，是那么的殷勤。他说："你的。"

"谢谢。"

"不用。"张宇生笑得很灿烂。

茹雪接着说道："这五味的人生……"

小冉突然发觉他俩是这样的般配，他俩站在一起时是多么的自然，仿佛有着聊不完的话题。小冉想自己还是算了吧，何必为了得到自己想要的爱情这样的苦恼心伤，为何不做点美事，心放宽一点，成全他们呢？他们是多么的合适，为何要勉强自己呢？感情这东西是强求不得的，还是放弃吧。小冉看着她俩忘情地说着话，眼泪悄悄地流了出来，她赶紧用手擦掉，强忍着对他俩笑着告别，转身泪流成河。

从那之后，小冉尽量避免出现在他俩的世界里，即使有时候撞见，也只是默默地当个倾听者。看着他俩说着、笑着，心中不免有些伤感，但小冉试着通过去追求另一种东西来消除对他俩的羡慕。小冉想到了图书馆，她整天泡在图书馆里，这样她和这座图书馆就显得亲近了，连管理员王老太都能叫出她的名字了，尽管有人说王老太的记性很差。在图书馆里小冉经常见到一个人——李教授。他整天和小冉一样泡在图书馆里，但是他和小冉来这里的目的不同，小冉来是为了避免见到张宇生和茹雪，避免自己难过，而李教授纯粹是为了满足对知识的渴求。慢慢地小冉和李教授熟悉了。李教授经常跟小冉谈论有关学术方面的问题，小冉为了避免自己一无所知的尴尬，只好变得勤奋起来，好让李教授在问她时，能回答出一星半点。付出就会有回报，不久，李教

授就夸小冉学识渊博，为此，小冉还偷着乐了好些日子。

18

李教授现在还是单身，不是他找不到女朋友，而是因为他只顾学习、讲课，无暇顾及这些。可他的年纪确实不小了，在亲戚朋友的介绍下，实在推脱不掉的时候才硬着头皮去相一两次亲，结果可想而知，所以直到现在，他还是一个人生活着。随着和李教授变得熟悉起来，小冉发现李教授其实并不是其他人口中说的神经质，相反他是一个学识渊博、为人热情的人。

在图书馆的日子久了，小冉和李教授之间形成了一种默契，那就是总是最后走出图书馆。在这里，小冉渐渐地喜欢上了文学，她慢慢地从张宇生和茹雪的二人世界里走了出来，她终于明白，除了爱情，还有别的更重要的事等着她做。以前小冉太执着于自我，所以使自己的目光变得狭隘了，而现在，她终于让自己走出爱情带给她的痛苦，让自己成长了起来，她终于明白张宇生对她说过的话：除却爱情，还有更重要的事情在等着你。她不再关注茹雪的爱情，她开始每天出入图书馆拼命地丰富自己的知识，偶尔和李教授谈论书本里的观点。她想：我只是在尽自己做学生的职责，好好读书，不管将来怎样，我只为自己好好地生活。

一次，李教授打电话过来，让小冉到他办公室一趟。到了办公室之后，小冉发现李教授的办公室简直可以说是一个小图书馆。他的办公室里摆放着各种各样的书籍，一摞又一摞，小冉不由得惊叹道："哇，教授，您办公室里的书真多啊！"

"是吗？"李教授显得很淡然，"有空你可以过来读。"

"真的？"

萌生

"当然。"

突然小冉有种与人分享的喜悦,从那以后,小冉就在李教授的办公室里读书,而李教授则依旧去图书馆,理由是他已经将这里的书读完了。小冉听到这句话后,再看看李教授不以为然的态度,恨得牙痒痒。而现在小冉来到了李教授的办公室,她不知道找她有什么事,没想到李教授居然是向她请教问题。

"我这儿有个学术难题,很想知道你的看法。"李教授说。

"这么看得起我!"小冉感到窃喜,认真地看了半天,说出自己的见解。

李教授会心地点头说:"不错,有道理,有见地,嗯,不错……"

从此,小冉舍弃了大图书馆,每天钻到"小图书馆"里。不久她对这个办公室就非常熟悉了,熟悉的不只有办公室,还有李教授。每次只要是李教授回来小冉就会知道是图书馆关门了,然后她会和李教授聊几句才离开。

李教授偶尔也邀请小冉去茶馆,但几乎都是讨论学术方面的话题。有一次李教授说:"找个话题吧,别干巴巴地坐着,今天不谈论学术问题。"

小冉突然发现,她和李教授相处这么久,竟没有正儿八经地说过其他什么,所以一时也不知说什么好,李教授看出小冉的窘迫,赶紧化解尴尬,随口问道:"你的家乡在哪里?"

"我是在外婆的家乡长大的,那个地方叫作小南庄,所以我把它当作我的家乡。"

"那你很爱你的家乡吧?"

"是的,我很爱它。"

"那就说说你的家乡呗!"

说起家乡,小冉有说不完的话题,她滔滔不绝地说了半天,李

教授微笑着侧头听着，自始至终没有打断她。当她说完才意识到自己说的有点多了，马上羞红了脸。李教授看出了她的尴尬，不去理会，接着说道："看来你的家乡是个美丽的地方，你的童年也是十分美好的，你和茹雪儿时就相识，现在再次相逢，也真是巧。"

"谢谢您的夸奖。"小冉说。

"谢我干什么？我只是实话实说罢了。还有，和我说话的时候不要再用'您'这样的称谓了。"李教授话题一转，问道，"你的理想是什么？"

"这是很多人都喜欢问的问题。"

"是吗？"李教授干咳了几下，"你还是说说吧。"

"我没有什么大理想，只想快乐平淡地过一生。"

"这很朴实。"

小冉看了看李教授，想起他"评论王"的称号，好奇地问："那你的理想呢？"

李教授很有趣地说："我大抵不考虑自己的理想。"

"你没有理想？我不信。"

"我只是比较现实而已，从来不想那些虚幻的东西，只是牢牢把握住已经存在的。"他举起茶杯，看着小冉说，"只有把握在自己手里的才是真实的，至于其他的，都可以说是虚幻。令我想不到的是你的理想竟是那样的朴实，没有任何奢求，真是想不到，不过这可能和你的生活环境有关。"

小冉说："其实这个理想是最难以实现的，社会是复杂的，世事难料，一个人要一辈子平淡快乐地生活，是多么的不容易啊，除了我外婆，我还没有见过第二个平淡快乐地活一辈子的人呢。"

"其实很简单，"李教授说，"只要我们放弃执着追求的心，消除过分的欲望，就会快乐平淡地过一生。"

萌生

"但又有谁能做到呢?"小冉问。

李教授长长地吸了口气,心情变得沉重起来,眉头紧锁,然后慢慢地举起杯子,喝了一大口茶咕噜地咽下去,神色变得很黯淡,眼睛眨得很快,沉默了半天才说:"没想到讨论现实的生活比研究学术更有意思,更令人费解。"

小冉看着他一连串的反应,深知刚才的一席话,深深地触痛了他,本想去安慰几句,但还是忍不住问道:"你不是说现实的比虚幻的更有意义么?"

李教授猛地抬头,吃惊地看着小冉。小冉从他的眼神里看到了自己的影子,除却这个什么也没有,这令她很伤感,所以她扭过头不看他,保持了沉默。

小冉发现她渐渐地习惯了和李教授相处的方式,她每天去李教授办公室,等他回来后才离开,即使她有时无事可做。小冉已熟悉了办公室的每个角落,甚至李教授身上的气味,这种味道让她感到踏实,她觉得她对李教授有种说不出的感觉,她每天会盯着他的衣服、书桌,他曾用过的一切凝神发呆,甚至会斜躺在椅子上持久地凝视着窗台。总之,这一切对小冉来说,好像十分有意义,这种感觉真的很美妙。而李教授每天回来总给小冉一种惊喜,一种安慰,他每次的一个微笑,都让小冉觉得做的一切都很有意义。小冉知道这是一种喜欢,一种爱,一种暗暗滋长的情感。小冉试着控制住这种感情,但她又不能完全地压制自己的情感,她知道自己喜欢上了李教授,或者说算不上喜欢,是崇拜。

小冉觉得李教授是一个好人,一个善良和蔼的人。他很仁慈,能给人以信任。小冉知道她迷恋李教授就像当初迷恋张宇生一样无法自拔了,她静静地关注李教授的一切:他的生活习惯,甚至他的背影,他的头发。原来,爱一个人真的很简单,只要你的心

能够接纳他，你就不会在乎他的家境、他的年龄、甚至他的缺点，你只想和他相依，想和他静静地对坐着，聊天、讲笑话，甚至凝眸。

一个人如忘却一切，他的心就会徜徉在三月的江南里，躺在千古绚烂的诗词里，浸泡在富有灵气的江南的柔水里，在风里，在绣着青苔的石板上，在碧波中荡漾的古船上，伴随着千年古韵，安然地稳睡。在美丽的江南，目睹着朱楼青瓦，在青石板上印下自己迷恋的脚印，投影着曼妙的倩影，投中自己最亮的一点，游走在这诗的国度里。那么这一切是多么的柔顺，多么的典雅，能使一个人的心得到最高的静谧。

李教授最近总是置身于知识的海洋里，总在试图追求一种超脱、一种释然。他把自己锁在缜密的文字里，一连几个星期都不怎么和人打招呼，很是神秘。每次小冉遇到他，他总是尽量装作没看见然后匆匆离去。小冉总是在他离去的一刹那回过头望着他的背影，可他从没有一次回头。小冉觉得李教授是在刻意躲避她，究竟是什么原因，她不知道，她也不想知道。而李教授的表情像四月里刮起了飓风，让人不寒而栗。

一次，在课堂上，李教授板着脸毫无表情地上着课，他让学生们讨论一个话题——孤独。他说："孤独是一种最极端的情绪，只能是曲高和寡或零落成泥两种形式。而我们是什么，我们孤独吗？请将你们的手放在胸口，轻闭上眼，开始想象孤独，仿佛这孤独生来就是给失意者造的词，你们会发现，当你们已习惯这种情愫，就会慢慢地喜欢上这消沉的滋味……"学生们在李教授的指引下开始了思考，教室里变得安静下来。

小冉想，并不是每个人都能领悟到这个层面上，而孤独是什么？小冉觉得孤独就是感到自己内心空落落的有种被抛在外太空的感觉，周围是一片虚无，没有了光，没有了落脚点，更没有了

萌生

依靠,只能凭借自己没有死亡的肉身,向四周无目标地触摸。那么这时候孤独已不单单是僵硬的字眼,它好像一下子附有了人的情感,像人一样具有了悲和喜,然后以它特有的方式,像荒野里的冷风一样,一下子就浸入人的身体。又仿佛是冷月上黑鸦飞掠的映景,明明没听见什么,但觉得处处是声音,是这逆风的尖叫和乌鸦的悲号,这是何等的凄凉。

小冉想到了茹雪,茹雪每天活在自己的世界里,几乎不和其他人打交道,她应该很孤独。而现在她自己也是孤独的,李教授的突然冷漠让她孤独起来。她突然羡慕起茹雪来了,茹雪有张宇生的陪伴,而她却是孤零零一个人,所以她比茹雪更孤独。她想孤独是如此的伤人心,她何尝不想学得坚强?但泪水暴露了她的脆弱,她只能静静地躺在自己的梦里,慢慢地将自己的思想埋葬,葬在绚烂的季节里,任凭灵魂在那无人寻迹的开满黄色小花的草野上歌唱,歌声和着伤感传送到了美丽的季节里,那么这歌声也就不再孤寂了。

19

有一次小冉偶然打开了李教授的抽屉,发现了李教授鲜为人知的秘密。抽屉里一个泛黄的笔记本,吸引了小冉的注意,她好奇地拿起来一看,里面写满了诗,小冉认得那是李教授的笔迹。小冉读着李教授写的诗,被其中一句诗深深地触动了:"我试着屏住呼吸说爱你,却发现你融进我的气息里。"小冉想,原来这就是李教授的爱情,美得让人心醉,想不到在李教授严肃的外表下有如此感人的爱情。小冉暗暗下决心,为了自己的爱情,为了对得住自己的青春,为了这来之不易的缘分,为了这萌生心底被埋藏

了的爱情,她决定豁出去了。她决定主动去找李教授,她想,既然你躲我,那我就让你无处可躲。

李教授不想见她,这事小冉很清楚。但她不管这些,她已想好了无数种可能要面对的结果。小冉找到李教授。对于小冉的到来,李教授显得很淡然,他戴着一副宽大的眼镜,用手扶了扶镜框,打量了小冉一番,随后丢下一句"你根本就不了解我"掉头就走,仿佛在思索着什么似的。小冉站在原地,之前准备的话在此刻都显得苍白无力,她有点听懂了李教授那句话的意思。但她也不去理会,径直走向李教授的办公室,可是一把大锁彻底拒绝了她。李教授已经走了,仿佛是和她玩捉迷藏一样,故意在她的生命里一闪即逝,留给她无限的感慨和喜悦,随后便是无可奈何的失落。小冉只好扭过头,怀着一种未曾有过的感伤走了。

天恰巧下起了蒙蒙细雨,淅沥沥地从房檐上滴落了下来,凑成一首格外悦耳的曲子,声声触动小冉的神经。小冉像是丢了前进的目标,她只好停下脚步,欣赏着这格外惹人喜爱的雨。屋檐下,小冉仿佛被雨囚禁了一般,模糊地看不清远方的稀疏人影,仿佛有撑伞的少女匆匆而过,留下一阵匆忙的脚步声,这声音恰似演绎命运的音符,是那样离奇又现实。在雨中没有人愿为她停留,也没有人会因这雨而停留。就这样,一切所熟悉的人和事物都将会成为她生命中的过客,而她恰巧也填补了别人的空缺,成为另一道风景线。

雨越下越大,像是不会停了,故意要留小冉在这里,雨水随风向小冉淋了过来,小冉无路可退。正在这时,一把天蓝色的伞向她缓缓移来,待小冉看清时,张宇生已将伞多半撑在她头上了。小冉望着张宇生,他笑了笑说:"怎么,在欣赏雨呢?以后下雨出门记得带把伞。"

萌生

"你怎么知道我在这里？"

张宇生笑了笑说："秘密。"

"你的眼里尽是忧伤。"小冉说。

张宇生抬头盯着小冉说："你怎么看出来的？猜想还是故意唬我，让我说出来？"

小冉没有接话，随着张宇生静静地走进这如注的雨里，雨敲打在伞上，发出滴滴答答的声音，小冉知道雨水已将张宇生淋湿多半。小冉停下来对张宇生说："你还是把我丢在这儿吧，雨会停的。"

张宇生转过头诧异地看着小冉："你怎么能这么说，我能做这样的事吗？"

"可你已经淋湿了，而且是因为我。"

"那没什么，你就这么在意？"

小冉看了看他的衣服，已经湿了一大片了，她快步走进旁边的楼道说："反正我不走了。"

张宇生看着小冉，等了半天，最后无可奈何地说："好吧，你就在这里待着，我一会儿拿伞来找你。"

"你不用过来了，那时雨早就停了。"尽管小冉看出雨没有停的意思，还是说出了这句话，张宇生什么也没说，就消失在雨里。

小冉又一个人静静地站着，思绪杂乱无章，她已忘记了此行的目的，只是默默地看着雨。她多么想处在一个童话般美妙的古镇里，看看古时的人物风情，听听历史传载的风流韵事。那浓透着古风的小镇里，定会有执笔题字、秀口吟诗的才子，挥着长袖，漫步在这繁华的小城里，定会为她题一首柳永式的"杨柳岸，晓风残月"。在小桥流水的烟雨古城，定会遇到她喜欢的人，谈吐皆文章的雅趣和天真烂漫的诗的情怀，让她忘记了这是在人世，像生

活在天上人间般美妙的世界里,生活在让人如痴如醉、风景如画的世界里。也有婉约的女子,一束秀丽的古装,淡雅如水的微笑,漫步在这儒风浓集属于诗的世界里,看看世间人情最繁华的一面,放飞自己梦想的翅膀,安享这世界的祥和和繁华……这时,小冉发现自己醉了,而且醉得一塌糊涂。

　　雨还在下,簌簌落下的是小冉水墨一样凝重的心情。她没想到理想与现实竟有如此大的差别,没想到人生竟是如此的充满戏剧性。她不甘于这样的现状,因为她心中还有梦,思想还没有停止,灵魂也没有湮灭,而且生活还得继续。于是她不管张宇生是否会来,就闯进这束缚她不能前进的雨里。现在,她彻彻底底地被淋湿了,衣服紧贴着身体,像是离开她就失去了依托一样,她双脚踩在积水里,浑身上下被雨水彻底地袭击。她什么也不顾了,在人生不如意的时候,让自己尽情地放纵也是种解脱。不去管别人的眼光,不在乎别人的看法,做自己想做的事,让自己开心就好。

　　也许是雨的恩赐,小冉看到了一个熟悉的身影,她知道那就是她刚才要找的人,那个故意躲她的人。李教授撑着伞,怀揣几本书慢慢地向小冉这边走过来,他把伞撑得很低,伞沿遮住了面部,显然他没有看见小冉。他离小冉很近了,小冉一直沉默着,静静地看着。他又向小冉靠近了一点,几乎和小冉平行了,小冉不想就这样擦肩而过,所以小冉鼓起勇气叫了声:"李教授。"

　　李教授停下来,伞沿慢慢地抬起,目光和小冉对视着,小冉看出他眼里的不安,他撑伞的手在抖,脚却不曾向小冉迈近一步,到了这时候,小冉全部都豁出去了,她一字一句地说:"李凡,我爱你!"

　　李教授终于撑不住了,伞掉在地上,雨水顿时让他变得和小

萌生

冉一样浑身湿透了。李教授看着小冉,双眼里不知是雨水还是泪水,他的嘴唇抖动着,小冉听不清他在说什么。

小冉接着说:"你可以回答我了。"

"你让我说什么?"

"说你想说的。"小冉看着李教授。

"那好吧!"他叹了一口气,"谢谢你的爱,但我不能爱你。"

"为什么?"

"我不想说理由。"

可小冉偏不信:"为什么? 我诚心诚意地爱你,我的感情不包含任何瑕疵,我付出了我全部的感情,可你为什么不爱我? 是因为我们的年龄吗? 我不在乎,我只关心我们彼此内心的感受,这些日子我们相处得不是很好吗? 这样下去有什么不好? 既然你说不能爱我,那好,请给我一个理由。"

他保持了沉默。

"你说啊,到底为什么?"小冉催促道。

"你不会懂的,起码现在。"

"我懂,我什么都懂,我已经是个大学生了,我已经成年了,我有自己的思想,我知道我想要的是什么,我有权力爱你,我只想听听你的理由!"

"可你毕竟还小啊,想法不要这么固执,如果你想爱,我不拦着,你可以爱别人,学校里好人多得是,可你不能爱我这个老男人,你不能爱我,你懂吗?"李教授用力地说。

"我不懂。"

"孩子,不要这么固执好不好?"

孩子? 孩子? 小冉在他眼里只是个孩子? 难道小冉舍弃一切、鼓足勇气追求的这一切都是孩子般的幼稚? 是啊,小冉只是

个孩子,而且还不是个好孩子。小冉知道她输了,输得彻彻底底,
输给了"孩子"二字。难道在李教授心里她真的只是个孩子吗?
难道她真的还小,小得连李教授都不相信她是喜欢他的? 这是多
么的荒诞。现在小冉懂了,李教授不是不接受她,而是接受不了
他自己内心的谴责,毕竟李教授大小冉一辈,大过一辈就没有一
辈子,所以长相厮守不是说给像他们这样的人的,于是小冉尽量
忍住眼里的泪水,抬起头来说:"我懂了。"

"懂了就好,这把伞你拿去吧。好了,回去吧。"说完,李教授
慢慢地转过身走了。

小冉一直盯着李教授的背影,直至消失在她的视线中。小冉
知道,在这个外形单薄的躯体里包藏着一个神圣的灵魂,她庆幸
她能够爱上他。待看不见李教授时,小冉瘫软在地上,失声地哭
起来。

过了好一会儿,张宇生匆匆地赶来,看见小冉坐在雨水里,把
伞扔在一边,急切地问:"小冉,怎么了? 发生了什么事?"

小冉没有回答,张宇生继续追问道:"你怎么坐在这里? 这是
谁的伞?"

小冉深深地吸了一口气,她终于想开了,看着淋湿的张宇生,
做了个勉强的微笑说:"没事了,我们回去吧!"

张宇生怎么也不肯,一把拽起她,小冉感到他的手用力过猛。
从他吃惊的表情里,小冉看出他是那么的在乎她,可她又能怎么
样呢? 任张宇生把她拖出雨里,到了避雨的地方,张宇生才把小
冉放开,然后他又返回去取伞,雨再一次将他打湿。这雨真冷,冷
得人彻体冰凉,小冉不知道哪来的这一场恼人的雨,亦不知这天
空挟来哪门子的爱情,反正她彻底迷失在这雨的世界里。张宇生
返回来后,双眼死死地盯着她。

萌生

"你一定很恨我吧?"小冉低语道。

"你究竟在干什么?"张宇生语气很凝重。

面对着张宇生,小冉顿时像泄了气的皮球一样,委屈地哭起来。人们都说女人的眼泪是对付男人的撒手锏,这一点对于张宇生也适用,看着小冉哭得像个泪人一样,他顿时泄了气说:"好了小冉,今天的事到此为止,我不想再问了,希望你好好的。"然后他又连连叹气。

之后,小冉大病了一场。同学们来看她,礼物拿了一大堆,已快堆满半个病房了,没地方搁,索性连窗台都占满了。医生和护士都说小冉好人缘,小冉只好强堆着笑。

小冉知道,她有病,而且不轻,这种病不是医生能治好的,她得了严重的心病,需要好好地治愈,好好地调养,并不关医生的事。

后来小冉知道茹雪和张宇生分手了,日子恰巧是下雨的那几天。她想不明白,看似那么般配的两个人怎么能走到分手的地步,可她也无能为力,只想静静地安睡一会,希望没人打扰。

事情并不如人料想的那样,生活也不会按人的意志而发展,烦心事一件件摆在面前,一个人要平平淡淡过一辈子,谈何容易。现在小冉终于懂了,生活并不是缺少诗意,日子也不是缺少祥和,只是他们在情绪变得极端时忘记了"回家",忘记了自己心中还残留的那一分虔诚。如果缺少了这份虔诚,心中就会缺少一片净土,就会缺少向往神圣境界的那一把钥匙,而要想摆脱这一切纷争,谈何容易。物是人非,破败不堪的是那一面真诚的旗帜,支离破碎的是我们发虚的心灵。可日子还是要过,生活还得继续,我们只能沉默,任其发展。

"你为什么要和茹雪分手?"小冉问。

"人面不知何处去,桃花依旧笑春风。"张宇生叹息道。

"说直截了当一点,我不想和你玩字谜。"

"说实在的,是她提出分手的,我也不知道原因。"

小冉感到意外:"茹雪?她怎么会?"

"有机会你问她吧,我也不知为什么,事情就是这样,我完全没有把它理解透,它就拐弯抹角地过去了。"

"不要这么说,万事无绝对,茹雪不会无缘无故地提出分手。"小冉抬头瞥了张宇生一眼,"你爱她吗?"

"爱?何必问这种愚蠢的话。"

"这话愚蠢吗?我觉得也是,呵呵。"小冉强笑了两声,"那我们出去走走吧。"

他俩边走边聊,话题渐渐变得沉重起来,小冉说:"这里的景色不错。这些天生病,让我懂得了不少,珍惜健康的身体,能够快乐地生活着才是最重要的。"

"你爱这生活吗?"

"爱,"小冉说完又补充道,"最起码不敢说放弃。"

张宇生的脸色忽然有些变化,他转了话题说:"小冉,你知道我和茹雪分手时,她对我说了什么吗?"

小冉转过头疑惑地看着张宇生。

"她让我来找你。"

小冉低下头,知道张宇生有话要说。忽然天气很热,太阳好毒。张宇生顺手从草丛里摘了一朵野花,向她表白。

当张宇生向她表白时,她有些不能相信自己的眼睛,看着眼前的张宇生,她甚至有些看不起他。小冉觉得眼前仿佛多了一堵墙,把她和张宇生就这样分开,她试图越过这层屏障,却发现,她和张宇生之间的距离真的好远,从他脚下延伸出来纵向于天边的

萌生

路竟是那样的漫长。小冉不能相信,在经过这么多事之后,张宇生还会反过来选择她。

渐渐地,小冉觉得这天气不怎么热了,她期盼能突然下起雨来,好借着雨水的冲洗,彻彻底底地卸下他们的伪装,把他们希望了解的东西看个透彻,看个水落石出。但小冉又害怕,她怕想起雨水淅沥中与他共吟的《雨巷》,怕他突然向她吟诵徐志摩柔美的爱情诗。爱情是被诗人骗了的,优美的诗句纠葛了唯美主义者的爱情,纠葛了像她和张宇生这样的爱情。

此时面对张宇生,小冉不知说什么好,甚至不敢做什么动作,她只能呆呆地站着,看着这厚重的土地,或远,或近,或清晰,或浑浊。而张宇生也一样,只是不停地搓着手中的那一朵花,仿佛那花的背后有更深的意义。这时阳光也柔和,风儿从远处吹来一缕花香,远处街道上汽车的喇叭声在喧响,这一切夹杂起来,给了小冉一个浑浊的印象,小冉不知道他们这样是颓废还是在觉醒。小冉把目光移向张宇生,没想到他的眼神凄凉,说不出话来,手里的那朵花在颤抖。小冉鼓足勇气问张宇生准备怎样来爱她,张宇生的脸色终于缓和了下来,眼里渐渐地恢复了神气,然后重新捧起那朵花,递到小冉面前,用极低的声音说:"请你相信,我会用我全部的热情去爱你,用我最真挚的情意,最真诚的爱心,就像守候在月亮身旁的星星,与你一起出现,一起消失,我爱你,用我一生的时间去爱,用我全部的信仰……"

信仰?提起这两个字,小冉简直害怕起来了,她不知道会在毕业后做什么,或者可否毕业,更谈不上所谓的希望。生命的前方只是缥缈的云影,就像上帝没有告诉人们真理一样,小冉只能凭着自己模糊的印象去描述这几乎痴人的希望。她更经不起社会中大风浪的袭击,只能够藏匿在角落里默默地叹息,或者做个

绝世的孤独者,不与外界联系,就像天上的云不可理喻般地变幻莫测,喜怒无常。谈及信仰,那年少的信仰怎么就那么不经风吹雨打?也许经过不知多少时间后,他们谁也不再依恋谁,信仰也将浸泡在水里腐了,化了,被风干了,消失得无影无踪了,以后的日子再也无法追寻了。

他俩谈了很久,谈到茹雪,谈到小南庄,谈到了人生和未来。可小冉觉得这一切很渺茫,因为她不知道明天会是怎样的开始,就像刚开始她喜欢张宇生,张宇生却喜欢茹雪一样,很多事情是不由她来把握的。未来有很多可能,也有很多不可能,看着眼前的张宇生,她不知道该如何选择。

时光渐渐在流逝,不曾察觉就到了晚上。小冉抬头观赏今晚的月亮好圆,月光静静地从天穹洒落下来,在天地间跳跃。周围是一片死寂,两边成排的白杨树静静地站在那儿,这个夜晚,它们不知神游到哪里去了,或者在怀念上古的天地吧。掉了皮的土墙在月下静静地站着,小冉估摸这墙有些年头了,但它上面竟不长一棵草。风几乎没有,小冉和张宇生在铁轨旁走着,脚步很轻,怕惊扰了这万籁俱寂的众生。这时传来一声长啸,列车从远处疾驰而来,那哐当哐当的声音渐行渐近又渐行渐远了,小冉手中握着张宇生送给她的花,她感觉这花似乎在像她呢喃着什么。

年华似水,青春似锦,小冉恍然觉得这样昏昏沉沉、浑浑噩噩地活着该是多么的无意义,她觉得这样下去她的青春也会发白褪色。她想要蜕变成蝶,去追寻鲜花,追寻属于她的清新、喜悦和欢愉。而在这月圆的夜里,她只能将自己的手紧紧地扣在张宇生的手里,只有这样,她才感觉到自己存活的迹象。而张宇生只是垂下头默默地走着,突然抬起头,双目含情地注视着月亮,月亮也揉碎在他的眼里了。接着,他轻轻吟诵起一首《月亮颂》:

萌生

月亮是花下的一片影子
隐藏着芳香的千年秘密
像是从石头堆里
翻拣出来你洁白的身躯……

小冉听着这如音乐般美妙的低诉,也情不自禁地吟诵起来:

月亮是花下的一片影子
是浸透在我们眼里
满含希望的泪水
是从心底跳跃的一首歌……

人的思念很长,但时间更远,远得几乎让人忘记了所有的想象,那童年时的美好意象,竟一夜之间幻化成灰,消失如烟了。我们字字句句重复的语调也随之变得支支吾吾,真切的和虚幻的纠葛在一起,变得面目全非了。那些美丽的臆想也确实阻断了所有人的梦,我们所怀恋过的一个人、一件事,都被冲刷得一干二净,那些发自内心的虔诚也变得缥缈如雾。这时候有谁的人生能够沿着最原始的方向一字形前进?有谁的双眸里还存留对方的影子?到底不能,只是觉得就这样悄然顺从了世俗和时间,就枉费了人生这一遭。人生在世,苦乐随缘,但那一双双眸子里分明存留着原始的渴望,所以我们要萌生,要趋于原始而乐忠于心,要在以后的日子里,以自己的方式过活,或许这才是真正的人生。

经历了这么多的事情,小冉终于明白了生活的意义,其实每个人都有自己的快乐,各自的痛苦,这快乐和痛苦夹杂起来才构

成了生活。而她能够做的，只是乖乖地演绎她的生活。

20

第二天小冉起得很晚，睁开眼时，阳光透过窗子直射进眼里，强烈的光刺得她睁不开眼。她侧头看了看屋子，那些陈设静悄悄地站在那儿，死板地面对着她，像是在倔强地抗议，小冉顾不了想这么多，匆忙地洗漱完毕，出去找茹雪。

秋末冬初，少有的晴朗，阳光明媚，鸟儿叽叽喳喳地叫着，伴着欢快的节奏飞来飞去，微风吹来，吹走了小冉心中的不快。城市的街道依旧一片繁华，小冉觉得，这种过分的繁华，却也是一种荒芜。只是稀稀落落的飞鸟和那些搬来又谢、谢了又搬来的供展览的花朵，远不足乡下的野气，只是很委屈地开着，然后伤心地死去，完全颠覆了落红的本意。而这城市就如一座繁华的坟墓，来来往往的人寄生在这悲哀的空壳里，行尸走肉般各自忙碌地活着。

小冉突然产生了一个想法，而且是如此的强烈，她想摆脱这一切，重新回到乡下去，回到外婆的小南庄和外婆一起生活。她幻想着自己也会成为一个所谓的"村妇"，多年以后，领着自己的孩子，教他们在田野间捕蝴蝶、跳舞和"土气"地生活，不强迫他们像她一样去追逐那心中的奢侈，而是在这没有汽笛声的世界里静静地繁衍生息，一代又一代，试着突破世俗的樊笼去生活，去追逐桃花源式的洒脱和安然，然后脚踏实地地低下头来，安静地生活。但她又不敢太过分地去想，害怕这世界因她的想法而"倒退"，害怕这种思想让她难以更好地适应现在的生活。

阳光依旧灿烂，美丽无处不在，茹雪的身影依旧充满着神秘

萌生

的美丽。她躺在木椅上闭着眼睛静静地享受着阳光的温暖,显然是坐了好久,小冉不知道这一年是不是流行"安静",什么事都跟静扯上关系。茹雪的目光很散漫,随意地看着这个黄叶遍地、阳光灿烂、行人不断的小道。小道上铺满了一层层金黄的叶子,而有的黄叶在空中旋舞,然后落在地上,落在肩上,落在躺椅上。菊花盛开着,鲜艳的颜色直逼人眼,白色的鸽子咕咕地飞着,小孩子手拉手在地上跑着、跳着、笑着……这一切宛如一幅画一样,冲进小冉的眼帘,她情不自禁地为眼前的这一切喝彩。

小冉静静地站着,安然地欣赏着,她暂时不想打扰茹雪,其实她也被眼前的一切吸引了。待她回过神来,茹雪已经离开了,或许茹雪也不曾注意到她的存在吧。小冉知道生活给予茹雪的痛,像毒刺般扎得她难受,以至于让她很难安下心来,也许日子久了,就会忘记那些伤痛,可是眼下她能否熬过这段令人伤心的时光是最重要的。小冉希望茹雪能逃出这思想的囚牢,去忘记一切,这样茹雪就能够开心地笑。但是这件看似简单的事情在茹雪身上却是很难实现。小冉慢慢地环顾四周,秋意很浓,没有人理会她,此时她只是别人眼中的一道景而已。她干脆放弃了此行的目的,沿着小道一直向前,像是在时间的影子里穿梭。一阵风吹起,叶儿们更多地欢快落下,像下了一阵金黄色的雨,脚踏得这松软的"地毯"沙沙作响。小冉一下子就明白了,那些日子久存在心里的阴霾突然烟消云散了。生命的长河是无止境的,正如这些善感的万物一样,相互交替着演奏生命的凯歌,连那死亡的迹象都在着力追求一种美的形式,追求一种释然归场的安然。小冉陶醉了,被这一切深深地打动了,它们像有情感的精灵一样,在它们的世界里生生不息,慢慢地揉出世人的眼泪,那是一种莫名的感动和鼓舞。小冉继续走着,景色依旧迷人,阳光变得比刚才更强烈

了，灿烂得充斥了整个空间。这时，茹雪神不知鬼不觉地又跳进小冉的视线，她边走边停，小冉索性主动迎上去。

茹雪见到小冉，很惊讶，但很快露出一丝微笑。小冉径直走到她跟前说："茹雪，我想和你聊聊。"

"聊什么？"

"我们边走边说吧。"她用手挽着茹雪的胳膊，尽量把心往一起靠，好拉近她们之间的距离，"怀念从前吗？"

"小时候吗？"茹雪问，"我有些忘记了，不过我记得一点儿，那时很快乐，无忧无虑，人要是能一直那样生活该多好。"

"想不想回去？"

"回去？"

"是的，并且现在就走。"

"现在？"茹雪很惊讶，"为什么这么急？"

"我们的外婆都老了，况且你有多少年没见她们了，人一到晚年，尤其对子孙有一种难以割舍的爱，作为晚辈，我们不能让她们在风烛残年还有无限的遗憾，况且那里珍藏着我们美好的记忆，还有我们共同的梦，就凭这些我们都应该回去。"小冉想了一下说。

"梦？"茹雪看着小冉说，"有这么急吗？你想告诉我什么？"

"告诉你应该怎样生活，怎样选择人生，怎样迎接未来。"

"你做得未必比我好。"

"正因为如此，所以我们必须回去，落叶还归根呢！"

"你怎么了？"茹雪问，"说出你想要说的话，我不想听故事。"

小冉放开茹雪，快步走到一棵树底下，捧起一把黄叶说："茹雪，你来看看。"

"这些树叶能说明什么？"

"你很聪明，你应该明白的。"

萌生

"我不明白,小冉,你今天好怪。"

"当我们老了,也像这些树叶一样,干枯了,腐朽了,徐徐地被风吹下来,静静地安躺在一个地方,那么,不论它曾经是如何的茂盛,也不管它曾经是否轰轰烈烈地度过一生,到现在,我们看到的,就是这副模样。生活也是如此,茹雪,你让张宇生来找我,我知道你的用意,理解你对我的好,我知道你是为了我,你是为我做出的让步,但这其实是一种退却,是一种错误,更是一种躲避。爱情不是我们手里的传递棒,不可以推来推去,虽然我们心里很清楚,但我们依然不能因为另外一个人而放弃,这对双方都是一种伤害。所以我们应该回去,让你再过一次曾经在小南庄度过的生活,让你的心能够彻彻底底地回归到自然,理解这其中的寓意。其实我们本该学的,大自然早就教给了我们,大自然的一切才是我们追求智慧的源泉。茹雪,如果愿意,我现在就去买车票。"

茹雪静静地站在那里,没有说话,她的样子像是思考又像是发呆。微风拂乱了她的头发,黄叶依旧沙沙作响,枯树上的残叶在拼命地摇摆,竟想挣脱束缚自由地飘落,远处的山铁青着脸,偶有一两只小鸟在落叶间籁籁而过。茹雪终于摇了摇头,坐在了石椅上,低下头,头发垂下来,像是在沉思。看着她这样子,小冉突然觉得累,很累很累,像是疲惫不堪地度过了几千年,像是王昭君一绝黄沙出塞的壮烈。天和地就这样彼此对峙着,日和月就这样轮替往复着,而茹雪和她也是这样一如从前默无声息地站在一起。小冉感觉到累了,索性一屁股坐在黄叶堆里,等待着面前的茹雪。不知道过了多长时间,可能是片刻又或许很长,茹雪慢慢地站起来说:"小冉,我带你去个地方,然后我们回去。"

小冉一下子高兴起来,嘴角不自觉地泛出了笑容说:"好的。"

21

汽车在平直宽阔的公路上行驶着。小冉和茹雪坐在车里,风从车窗吹进来,冷冷的,周围的景象在不停变换着,渐渐远离了城市向郊外驶去。小冉是彻底地感觉到这秋的意味了,它彻底地来了。

乡村不像城市,公路窄了起来,人少了起来,树木却多起来了。公路上铺满了树叶无人打扫,汽车开过,带起了一片片落叶,之后落叶便旋而又旋地落下来。路边三三两两的人行走着,小孩子也成群地出现在一起玩着各种游戏。秋味很浓,人情味更浓。小冉看了看坐在身边的茹雪,她眯着眼睛看窗外,阳光很温暖地照着她的脸,隔着车窗,迥然隔了两个世界。

车终于停了,小冉迫不及待地跳下车,做了个转身,双臂张开,闭上眼睛,彻底地投入了大自然的怀抱,她多想在这一瞬间就和身边的人老去。耳边彻底地静下来了,偶尔传来一两声家畜的声音,小冉发现她是彻底地恋上这里了,更确切地说是恋上这里的清净了。

茹雪看着小冉说:"看来你很喜欢这里。"

小冉点头说:"嗯。"

"说说你对这里的印象。"

小冉说道:"很美,很清净,像是处在二十世纪八十年代,很陈旧的生活方式,但是很迷人。"

"这就够了,我们走吧。"说着茹雪快步走在前面,细碎的步子,翩翩的身影,完全融入了这个世界,是一种荒凉的美丽,刺眼的夺目。小冉发现自己的眼睛湿润了,不知是风吹还是⋯⋯但她

萌生

顾不得多想,用手擦了擦眼,紧跟了上去。

路曲曲折折,树愈来愈多,树叶愈积愈厚。两面的墙很老,巷子也越走越深,曲曲折折地像走进迷宫一样。路和墙印出了历史的颜色,阳光透过墙缝照下来,像一条条彩色的带子,有一股烟气弥漫过来,显得更加深邃了。随着东转西折的前进,小冉越发觉得疑惑起来,茹雪到底让她看什么? 但茹雪依旧向前走着,没有回头,只是默不作声地向前走着。

终于到头了,茹雪停了下来,只见一个很破烂的木门扉,土支起的大门梁倒塌了不少,墙头的土皮剥落得斑斑点点。顺着门进去,是一个很简单但整洁的小院子,从这里看不出城市里的一丝辉煌。院子里只有些陈旧的装饰,两座用石块砌的很古老的房子黝黑黝黑的,在院子的一边,一个老婆婆静静地坐着,她头上搭着块毛巾,脸黑黝黝的,皱纹多得像澜沧江里的波纹,一身很破旧的衣服厚厚地裹在身上,一根拐杖拄在手里,眼睛紧闭着,头向上仰着晒太阳。听见她俩的脚步声,睁开眼,目光很散,看见茹雪,咧开没牙的嘴巴笑了,眼睛眯成一条缝,脸上的皱纹更多了,然后颤巍巍地站起来,高兴得像个孩子似的,说:"茹雪来了。"

她俩问过好后,茹雪把她手里的包放下,原来是一些营养品,小冉不知道茹雪什么时候买的这些。小冉感觉茹雪和这个老婆婆之间似乎很熟悉,甚至感觉还有一些故事。

走出院子她就问茹雪:"你带我来这里是为了看这个老人?"

"不全是。"

"那还有什么?"

"给你讲个故事吧。"然后茹雪说开了。

原来老婆婆在这里住了很久,从一开始嫁过来就住在这里。时光在渐渐地流逝,老婆婆没有孩子,只是在晚年收养了一个小

孙女，如今和她俩差不多大了。有一天这个收养的孙女出去了，一走就再也没有音讯了，可能她抛弃了老婆婆吧。老婆婆的老伴儿在前几年过世了，如今只有她一个人孤独地生活着。日子一天天周而复始地重复着，老婆婆总在痴痴地企盼着，她说她的孙女不久就会回来，只是现在忙，没时间。其实有时候老婆婆也知道她的孙女不会再回来了，抛弃了她，可她不愿意承认，宁愿忍受着孤独煎熬仍抱着无限的期望在等待着。

　　不知什么时候，小冉的眼泪就流了下来，她替老婆婆感到难过，替老婆婆伤心，替老婆婆的等待感到不值。

　　人总是在矛盾中生活，总是宁愿忍受着痛苦而希望他人好。生活就这样直白地向人们展示了它的残酷和平凡。

　　见小冉落泪了，茹雪说："其实很多人并不像我们表面上看到的那样，每个人都有他不为人知的一面，我们往往偏激地要求别人，却把自己遗忘在岁月的痕迹里。青春是最美好的，可以去追求自己的梦想，不过到老了，我们的愿望也就变得纯粹而简单了。"

　　小冉含着泪说："命运不会这样捉弄人，我们只是偏巧碰上了而已。"

　　茹雪拣了个干净的地方坐下，拍了拍双手说："那你认为呢？要知道，当这种事情发生在我们身上时，我们未必能承受得住，你让我回去，好，我跟你走。但我带你来这里，是要让你知道，回去了，不要伤了老人的心，有时候，人忍受着痛苦也是快乐的。"

　　有时候，人忍受着痛苦也是快乐的。是的，茹雪的话小冉彻底懂了，彻底明白了这种发生在亲人身上的爱的无私和伟大。岁月可以冲刷一切，包括美貌、金钱、声誉……但唯有一种它是撼动不了的，那就是爱。正因为这种爱，才让我们源源不断地生活着、

萌生

传承着、关爱着，社会也因为这种爱而和谐着。

她俩在这里待了一天，第二天清晨，阳光很暧昧地从墙沿上挨进来，空中弥漫着大雾，推开窗，潮湿的空气扑面而来，不知何处的鸟儿啾啾地叫个不停。这时候，旋舞了一天的树叶也暂时地歇下来，树上的叶子尖上垂着沉甸甸的晶莹露珠，露珠偶尔从空中落下来，亲吻在人的肩上，一股冰冰凉的感觉立刻传上来。小冉被这美妙的景色吸引住了，不知不觉地走出院门，从深巷里游走出去。

巷子感觉比来时更深了，因为来时走得匆忙，小冉来不及细细地打量，现在她终于能够看清楚它们的全貌了。那是一种怎样的感觉？一种好像历史从身上爬过，时间从手里溜走的感觉，小冉能够无比清晰地看清它们走过的痕迹。巷子很潮湿，地上和墙上长满了青苔，虽然时令已至深秋，但秋天不属于这里，这里仍旧显得生机勃勃。天空送不进一丝的风，巷子静得出奇，恨不得听见那虫子爬动的声音，但小冉的脚步声打破了这寂静，她特意放轻脚步慢慢地挪动着。转角一个接着一个，以至于她都判别不了方向了。稍不注意两边的墙突然隐去，宽阔的世界一下子就扑到了眼前，一条极寂寥的公路笔直地伸向远方。树下，偶见一两个老人坐着，似乎在闲聊着天。这景象给人一种怎样的冲击感？小冉说不出是喜悦还是难过，总感觉很别扭。空气从这里才开始流通，一股冷风吹来，伴着落叶，向她的身上扑打过来。小冉不顾这一切，她的思维在这一刻彻底的死亡了，因为她无法继续想象了。太阳渐渐变得强烈了，山头的雾也渐渐退去。小冉坐了一会儿，担心茹雪找不到她，便又钻进了深巷，一直走到尽头。

茹雪在那里陪老婆婆坐着，见她回来说："小冉，你去哪儿了？我正准备去找你呢。"

“没什么，我只是随便走走。”

“那就好，饭快熟了，一会儿我们吃饭。”然后她笑着陪老婆婆说话，小冉过去和她们聊起来。

饭后，她俩坐了一会儿。将近中午，她俩要走了，老婆婆竟一时控制不住情绪哭起来，惹得她俩眼泪在眼眶里直打转。小冉一下子就崩溃了，她觉得就这样走了把老婆婆留在寂寞里是多么的残忍，可是她又没有可以解决的办法。茹雪见她这样，在她耳边轻声说：“走吧，人各有各的生活，老婆婆只是舍不得我们而已，并不是要求我们留下，我们也应走自己的路。人，不能在时间里停顿。”

听了这话，小冉才极不情愿地向前迈开步子。老婆婆一直送她俩出了深巷，直至公路旁。班车还没有来，她俩就一直朝着来时的方向走，这个村子也渐渐变得模糊了。老婆婆的面孔依旧在小冉的脑海里打转，那张留有岁月痕迹的皱纹斑驳的脸，是那样鲜明地展示了时间的残酷。

茹雪对小冉说：“你有什么想说的吗？”

小冉点了点头说：“有。”

“那你说说吧。”茹雪走在她身旁准备听她说。

小冉深深地吸了一口气说：“茹雪，不知怎的，我现在感到很迷惘，感到很累。”

“怎么了？”

“我想问你，你怎样看待生活？”

“生活？我怎么回答你呢？”

小冉换了个话题问：“那好，你告诉我你怎样看待爱情？”

“为什么问这个？”

“你先回答我再说。”

萌生

茹雪显得很难为情,绯红的脸蛋像半红的柿子,一丝风拂乱了她的头发,发丝遮住了她的眼,她透过发丝用那独有的眼神看着小冉,反而使小冉觉得不自在起来,然后她说:"爱情,是人生中最具魅力的情感,它像一片透明的叶子,光滑、洁净、充满生命力,不可雕琢。它应该具有一种神圣的灵性,能够勾起我们无限的情感、快乐、欢愉和感伤。每个人有每个人的活法,对于爱情,也各自有着独到的见解,你想问的,你自己心里不是已经有答案了吗?"

小冉笑了,深吸了一口气说:"那好吧,我们走。"

班车恰好来了,上车后,车的速度很快,车窗外的景物目不暇接的一闪而过,霎时远去了刚才的所见。小冉感到心里空落落的,有点晕车,喝了几口水,强打起精神,硬撑着不让自己呕吐。车终于停了,小冉暗自庆幸自己没晕在车上。

刚下车不久,张宇生就打电话过来了,开口便说:"你和茹雪这两天去哪儿了,怎么不见你们?"

小冉说:"人自在路上,你又何必找我们呢。"

"干吗这样说,很陌生的感觉。"

小冉感到好倦,随口说:"不关你的事,你又何必关心呢?我们自会有一种新的生活的。"

"是吗?"张宇生问道。

小冉感觉到这句话对张宇生是一个很大的打击,话筒中的声音明显走了调,话很轻,可对小冉来说仿佛千斤压顶般的沉重。小冉转了话说:"找我们有事吗?"

"我想和你们好好谈谈。"张宇生轻声说道。

"好吧,你在哪儿?"

……

小冉挂了电话,茹雪说:"是谁呢?"

"张宇生。"

"怎么是他? 有事吗?"

"找我们谈谈。"

茹雪脸色渐渐变了,踌躇了半天,然后说:"我不去,要不你一个人去吧。"

小冉感到很诧异,压根不会想到茹雪竟然会逃避,她问道:"你在躲避?"

"随你怎么说,小冉,你告诉他,我们去不了,你不是说回小南庄吗? 好,我们现在就去车站,现在就回。"

小冉被茹雪生拉硬拽地到了车站。候车厅里人很多,队排得很长。茹雪去买票,小冉随意找了个座位坐下。茹雪此时的行为让小冉很不解,而她又不能直接告诉张宇生说茹雪在故意躲他,所以她发了个短信,免去了对话时的尴尬。不一会儿手机铃音响了,一条未读信息出现在屏幕上,小冉打开一看,是这么写的:"我不知道是什么原因让我们彼此的心远去,但我还寄希望于这人世微存的一丝真情。风起了,拂过这忧伤的年华,可我还静默在时间的脚步里发呆,心真的冷了,汽车开走了,归宿的船应在哪里?"

小冉看了这像诗一样的语言,心咯噔颤了一下,像是自己把自己刺了一刀,疼痛遍及全身。小冉不能想象此时的张宇生是多么的心酸和失望,而命运往往让相爱的人彼此擦肩而过。人,确确实实被左右了,在这个陌生的城市。一颗心彻底地孤寂了,心中的一盏灯灭了,即使它会再次点燃,但间隔的黑暗覆灭了激情和希望。小冉真想给张宇生说一句抱歉,但不知为什么,手上却没有行动,只是看着亮起的屏幕发呆。一阵风吹过来,小冉觉得

萌生

好冷。是啊,真的很冷,周围的一切都变得冷漠起来。这时茹雪过来了,为了不让茹雪看到,小冉把信息删了,然后站起身冲茹雪笑了笑。茹雪用手拉着小冉说:"走吧。"然后小冉感觉自己像个包裹一样被茹雪塞进了车厢。

这次的路程相比之前更长,足足坐了十三个小时。她俩在车上醒了睡,睡了又醒,当小冉不知道第几次醒来时,已是深夜了。外面漆黑一团,列车在轨道上急速行驶着,发出哐当的声音。她看了看身旁的茹雪,她还在熟睡。茹雪的面容是那么的安详,小冉想茹雪是不应该有如此疼痛的经历,不该被这烦琐的生活所连累。她的脸贴着小冉的肩膀,像小鸟依偎在温暖的窝巢里一样,这样阳光就会和谐地照进来,风雨就会被拒之门外。而此时的小冉,就像没长大的孩子一样,用惊奇的眼睛注视着美妙的世界,小心却大胆地呼吸着新鲜的空气,孩子气一样地投身于希望的原野里,那来自极远处的风从身边匆匆掠过,到处都是生命的迹象,到处都是阳光,温暖和谐。

夜更深了,列车好像在黑暗中穿梭,周围的一切都静下来了。很明显,两边的风景已是高山陡壁,声音回旋在空荡荡的山谷中,愣是把一切都填满了。这时茹雪醒了,她见小冉呆坐着,轻声问:"怎么了,睡不着?"

"嗯。"

她坐起来,吸了一口气说:"在想什么呢?"

小冉说:"很复杂,我也说不清,总是隐隐地感到不舒服。"

茹雪不说话了,陪她静静地坐着,时不时看看表,估算着到站的时间。她俩都没有了睡意,倚在座位上,看见一车厢的人都睡着了,忽然感到无所事事,只好继续装睡,但是怎么也睡不着。这寂静的夜晚,在列车的呼啸声中,两人将各自的心事怀揣着,备受

煎熬。

离天亮还有几个小时,列车一声长啸,驶进了站台,接着噗噗地停下来。小冉推了一把茹雪:"到站了,该下车了。"

茹雪爬起来,看了看外面说:"现在还很黑啊!"

"没办法,下去再说吧。"小冉表示无奈。

茹雪倦意十足地站起来,揉了揉眼睛,提着行李,打着哈欠,走了下去。

一下车,冷风马上就吹过来了,她俩赶紧裹紧了衣裳。深夜,人很少,她俩的脚步声在车站里当当作响,茹雪有些害怕地说:"我们现在去哪儿?"

小冉看了一下天,见星星还很明亮,说明离天亮还早着哩,只好说:"先找个地方住下,等天亮了再说。"

然后她俩拦了一辆出租车,找了个旅馆,像瘫痪了一样,倒在床上,蒙头就睡。

因为是钟点房,老板准时来催房了,她俩胡乱地收拾了一下就走。

天气出奇地好,阳光明媚,风也很暖和。她俩找了个小吃摊,狼吞虎咽地直吃到肚子鼓鼓了,才放下筷子,之后便发现,卖小吃的大妈瞪大眼睛看着她们。小冉想:是啊,大概大妈都没见过这么能吃的姑娘,在这么多人面前一点也不注意。

22

这是小南庄隶属的一个小县城,小冉中学时代就在这里度过,所以对一切都很熟悉。她引着茹雪找了一辆到达小南庄的班车,然后安稳地坐上去,静等班车出发。

萌生

　　眼前的一切是那么的熟悉,班车一路疾驰,两边的沟沟壑壑直逼眼帘,记忆在这里重新被翻起,往事历历在目。小冉发现她现在是多么地依恋这片土地,这厚重无语的伟大地母,把多少情感撒向世间。想起茹雪,小冉有些恍然,她完全忘却了此行的目的,忘记带茹雪来的初衷,只是默默地行走在曾经走过的路上。

　　这是一条老路,是小冉曾经走过无数次的路,来来回回,反反复复。这条路不会喜怒哀乐,不会善变无常,总是坦然和直白地面对着造访者。

　　村庄一个接着一个,一个比一个更偏僻,更幽深。小冉看了看茹雪,发现她眼圈发红,感觉马上就要哭出来了。小冉了解茹雪此刻内心的感受,但她假装不知道。茹雪下意识地坐直了身体,转过头,双眼紧盯着窗外的一切,任记忆被胡乱地翻阅。一种很微弱、很缥缈的东西在左右着她。这种神奇的力量鲜明地存在着。

　　汽车依旧停在那古老而陈旧的地方,下车后,一切都静悄悄的,没有一丝风尘来袭扰这古老的寂寞。宁静是生活的旋律,单调是风俗的主题,选择冬天回来,确实选对了时间,庄稼人慢慢都空闲了下来,身心放松了下来,连一贯忙碌的生活节奏都放慢了脚步,懒散得如一波秋水。

　　茹雪有些紧张,她拽紧了小冉的胳膊,小冉并不理会,默默地走着。小冉知道,接下来就会有熟人认出茹雪来,现在就让茹雪短暂地理清她的思路。小冉看到几个孩子在河边玩耍,他们互相呐喊着,甚至踩着冰冷的河水奔跑着,天真无邪,无忧无虑,那么直白和坦然,那么闲适和快乐。小冉从他们身上看到了自己的影子,看到了她所要追求的东西,但她又想起了张宇生,想起了李教授,想起了外婆和儿时的茹雪,突然间像醉了一般暂时忘记了一

切。小冉想,什么是人生的真谛? 大概这种真谛只存在于心灵最空洞、最天真、最低迷的时候,受苦的人大都拥有美好的信仰,就像这里的庄稼人。而孩子,都有一个美丽的童年,像天堂一样,就是这一片供嬉戏的山河。但她和茹雪什么也没有,唯有那自以为是的"满腹经纶"——贫乏的知识,懂得修饰和描述这一切的知识,但他们的感受比她俩更强烈、更深刻,所以茹雪紧张了,小冉何尝不是。

"咦,这不是小冉吗? 不是上大学去了吗? 怎么突然回来了? 想你外婆了吧? 她正在家呢。"张大婶笑着对小冉说。

小冉也不解释,索性说:"是。"

张大婶应了一声,然后提着个竹筐走向村外,嘴里还说着:"大学生啊,大学生啊……"

小冉回过头看看茹雪,茹雪也在看她,小冉说:"有些感慨吧!"

茹雪点了点头,说:"这儿让我想起了很多,对于我以前是一种彻底的改变。偏僻,荒凉,一种不曾被完全理解的生活震撼在心底,这一切究竟是为什么? 人,为什么不能同步行进,而是差异万千?"

小冉沉默了。河水在叮咚地响,山谷的风吹出了声音,一只纸糊的风筝飞上了天空,通过一条线,三个孩子拽着它在欢跑嬉笑。天很蓝,云很淡,看上去是那么的高远,仰望它时静静的,消除了一切杂念,这世界就这样变小了,变得真切了,而我们的心也随着一起越飞越高,越飞越远了。小水波中荡漾着一群洁白的肥鸭,它们在碧水蓝天下自由欢快地游走,荡起一层层水波,它们追逐着、交颈着偶尔将头插进翅膀里,那样天真,那样洁白,就像天使,像心中那一方圣地的居者;一边还传来庄稼人的山歌声,那么苍凉,那么辽远。看着眼前的这些景象,小冉不顾一切地冲向了家中。

外婆家的小狗还认得小冉,在她脚下摇尾乞怜地团团转,对茹雪可没那么客气了,小冉低声说:"阿黄,你别咬。"然后它就乖乖地溜到小冉身后了。院子打扫得很干净,一如外婆平生的勤劳,她总是把一切都做得那么妥当,总是尽量帮助别人,和邻居从来没有一句纷争,所以她老人家有很好的口碑。

"外婆。"小冉朝屋内喊道。

外婆从窗口看过来,赶忙从床上爬起来,一骨碌溜到床下,鞋都没穿好就从门里跑了出来,然后才记得小冉叫她,"哎"了一声,高兴得像个馋嘴的孩子围着满桌子糖果转一样,把小冉前前后后都细细地打量了一番。小冉向外婆示意了一下茹雪,外婆才看见旁边还有一个姑娘,赶忙招呼起茹雪。小冉介绍说:"这是我同学,您记得不,就是小时候和我一起玩的那个,张大婆的外孙女。"

外婆想了一会儿说:"我记得了,就是那个小雪儿,如今长得这么俊俏了,你大婆好福气呀!"

小冉拽了一把外婆,向外婆使了个眼色,怕外婆问起茹雪的家里情况,这个敏感的问题会纠起茹雪多大的伤感,又是在故地,小冉怕说着说着茹雪就泪水涟涟。外婆似乎明白了些什么,话说到这里,就戛然而止了,然后互相推让着进屋来。

待她俩坐下,外婆就从仓房里拿出自家种的特产:大红的枣子、花生、新煮的瓜子……因为是秋收过后,这些食物也刚好上得台面来招待客人了。

小冉和茹雪不是客人,但注定是客人,是那个风俗下"女大不中留"的"客人",心底难免萌起一丝伤感。但在外婆的眼里,她

不是客人,是她最心爱的调皮的小孙女,是她的心肝儿,刚端上来食物就赶紧往她俩手里送,脸上挂着甜甜的笑容。

"小冉,外婆忘问你了,你这丫头怎么想起回来了?"

小冉看了看茹雪,对外婆说:"学校放假,暂时回来住几天,想您老人家了嘛。"

外婆应了一声就不说话了。外婆虽然人老了但还不糊涂,什么事都瞒不过她的眼睛,不过她没有戳穿小冉,只是简单地为她俩收拾了些东西,然后说:"你和小雪去看看你张大婆吧,她好多年没见孙女了,都快想出病来了,老经常跟我念叨。唉,人老喽,对子孙是越来越疼爱喽。"

"我们知道了,外婆。"小冉和茹雪说完然后提了东西向门外走去。

外婆把她俩送出院子,随后喊了一句:"让你大婆来串门啊!"

小冉和茹雪挥了挥手,然后向张大婆家走去。村里的路很干净,鲜明地留着长长短短的几排脚印,茹雪用手捅了小冉一下,对小冉说:"小冉,人自在路上。"

小冉很吃惊,这跟她对张宇生电话里说的话是惊奇的一致,她问:"怎么了,你想说什么?"

茹雪很情绪化,摇了摇头没有说出话来,小冉知道她的摇头表达了很多东西。她从茹雪的眼里看到了一丝疲惫和迷惘,甚至是痴迷,像眷恋着某种东西。随后,那双水灵的眼睛溢出了晶莹的泪水,像个受伤的孩子。小冉看着心都碎了,一股热乎乎的东西从小冉的眼里夺眶而出,她知道那是眼泪,她本不想哭,但是没能忍住,也不知为什么,只是见茹雪哭了,她就跟着流下泪来。

人,必须变得坚强,必须以最好的一面面对别人,尤其是深爱

萌生

你的人,所以,还是把这些惹人的东西抑制住吧。小冉这样想着,拉了一把茹雪说:"走吧!"

阳光静静地照射着张大婆的小院,隔着墙眼看进去,迥然一个别有洞天的小院。门正好开着,院子里没有人,她俩径直走进去,几只鸡在院子里卧着,在懒散地晒太阳,见她俩进来也不惊,只是脖子高顶着头看着她俩,见没有恶意,就又把头插进绒包一样的羽毛里。

小冉轻轻唤了声:"张大婆,你在吗?"

没有人回应,她俩便把东西放下,茹雪突然说:"小冉,我记得了,这里一点也没变,一点也没变,就是这个小院子,还有这房屋、小鸡窝、墙,一点也没变,一点也没变!"

"可你外婆变老了,你长大了。"小冉说道。

茹雪突然哭出了声,声音都有些走调。小冉看着十分心疼但是又没有办法安慰。这时有个声音朝院子里喊道:"来谁了?我刚在外面拾了些柴火。"茹雪赶紧停止了哭泣,转身看见张大婆绕过院墙从大门进来了,满头白发,很土的衣服,右手拄着根拐杖。小冉记得她走的时候张大婆还没拄拐杖呢,看来身体明显没以前那么硬朗了。张大婆左手抱着一捆拾来的玉米秆,灰白色的面孔,一双深邃的眼睛,牙齿脱落了几颗,用惊讶的眼神看着她俩:"小冉,你怎么在这里?"

茹雪此时已经哭出声了,她用手捂住嘴,眉头紧锁,还一边抽泣着,小冉知道,她被打动了,被她外婆这一身行囊打动了,被她外婆仁慈的面孔打动了,被深深烙印在她心里的故乡的浓情打动了。小冉说:"大婆,这是小雪。"显然她们都认不出彼此了。

"小雪?"张大婆看着小冉,又转头看着茹雪,顿时哭起来:"小雪,你是小雪?我的孙女啊!"

茹雪哭着扑到她的怀里,然后"外婆外婆"叫个不停。

张大婆一边揩泪,一边用手抚着茹雪的脸说:"这是我的孙女啊,都这么大了,我都认不出来了,我以为到死也见不到你一面了,你妈捎信回来,你爸爸他……小雪儿,我苦命的孩子……"然后哭成一团。

小冉被感动了,此时,她只能呆呆地站着,除了陪着流泪,她什么也不能做。她知道,此时任何的言语都不能安慰眼前的两人。张大婆和茹雪,隔了这么多年能够再见面都是老天的怜悯,她俩分别得太久了,久到彼此都陌生了,但她俩之间的亲情没有陌生,依旧还牵连着彼此。哭吧,尽情地哭吧,哭出这十多年来的相思,哭出这无数个日日夜夜的牵挂。她俩是什么时候停止哭泣的小冉不知道,可小冉眼睁睁地看清了这个世界的凄凉和悲哀。在这个寒冷的天气里竟没一样东西引起她的兴趣,也许是陌生,也许是人不能共通的悲哀,仿佛她被隔绝事外,像个无权干涉剧情的观众一样,呆呆地看着它的发展,甚至决离,甚至更替。但眼前的情景和脚下的土地能让她感到自己的重量。小冉替茹雪高兴,替张大婆高兴,替她们的重逢高兴。

张大婆和外婆唯一不同的是她比外婆说话唠叨,让人听得无聊,尽管小冉知道她和外婆一样,都是心地善良的人,但小冉还是难免感到烦闷,因为她心里很乱。张大婆只顾说她自己的,只顾嘘长问短,只顾向她俩一个劲儿地催促吃那些土特产。茹雪看出了小冉的烦闷,她说:"小冉,你怎么了,不舒服吗?"

"没事。"小冉回答道,"只是觉得心里很乱。"

"怎么了?"茹雪眨着眼睛问,"有什么想不通的吗?"

"我好想走,走得越远越好。"

"你想逃避?"

萌生

"可以这么说,我真的快生出病来了,思想太复杂了,脑子太乱了,我真的不知道自己该做什么好。"

"那么我们该怎么办?"茹雪表现得比她更悲观,她知道茹雪有时比她更坚强,但眼下的情景却是茹雪比她更需要安慰。于是她把一切的心思都收起来,反而像个局外人安慰起茹雪来。

晚上,外婆在房子里为小冉铺床,说白了,只是为她多铺了几床被褥而已。茹雪留在她外婆家。小冉一个人静静地坐在外婆的小院里,倚着一根木桩,身上披着厚厚的大衣。外婆说:"天冷了,回屋里来,小心着凉啊!"

小冉无暇顾及这些,随口说:"不打紧的,我想一个人静静地看看家乡的夜晚。"

外婆了解她的性格,就自己回屋里睡去了。星星稀稀落落地洒落在天空,月亮躲在云雾里睡去了,鸡不叫,狗也不咬了。这里早已拂去了山外面城市里夜晚的喧闹声,整个村庄都在大山的夹裹中悄悄地睡去了。星光洒落的斑斑点点在山村依稀可见,使得山村在夜幕的笼罩下竟显得如此可爱了,月并不怎么明亮,这朦胧的光恰到好处。山卯上的树林子像披了银装的素面女子,在微风中交舞着,像是在为哪位俊郎深情地祝福。这一切为整个山峦赋予了厚重的情感。

小冉完全明白了,像领悟禅机的老僧大彻大悟。我们不应该就这样狼狈地活着,不要为了自己现在的处境而感到悲痛。悲伤,仅仅是哄骗人的麻醉剂,而真谛就在这无言的大山里。人应该自然而简单地活着,不要为某些无法实现的理想而苦恼心伤。生命,有它存在的独到意义,而当我们处在逆境时,应抱着一颗真诚的心,坦然地去面对,让自己达到一次空前的释然,那么我们就能够说,我们所理解和领悟的足够为我们生活的苦难做引子了,

那样我们就可以快慰地度过一生。这正如苏东坡从赤壁之下领悟的人生境界，山间的明月与清风，是永生不灭众生共享的，以自己独到的见解面对它，这社会将达到一个质的飞跃。哲学仅仅存在于这里，不论唯心的还是唯物的，总能够让我们产生共鸣，不再为生活的百般不顺而恍惚不定，遇到所发生的事情，怀揣着一颗玲珑心去面对，那么这生活就真正地拥有禅味了。

天真的冷了，外婆的劝告声又从屋子里传出来，带着几分责备，而小冉总算放下了这挠人的心灵重负，朝屋子里应了一句，乖乖地进屋去了。

"小冉。"外婆显得有些严肃，"外婆问你一件事情，你得老实回答。"

小冉听出外婆话里的意思，是一种责备，但也无可厚非。小冉坦然地说："外婆，您问吧，您问什么，我就乖乖地回答您什么，绝不会骗您老人家一句。"

外婆扑哧一声笑了，她拿起鸡毛掸子在床上掸了掸灰尘，然后坐到床边，用手抚了抚银白的头发，斜眼瞥了她一下说："你真的是放假才回来的吗？"然后继续做她的事情。

暗淡的灯光下，外婆的身子在灯下拉得很长，小冉挪了挪身子说："其实不是的。"

"那是为什么？"外婆仍然不看她，显得漫不经心。

"因为……因为我想家了，我想您了。"

外婆这才放下手中的活计，目不转睛地看着她说："你都这么大了，怎么这么恋家啊？女儿家，总是要离开的。"

"但我不想就这样离开，就像……"

"就像什么？"

"就像被打散的鸟一样。"

萌生

　　外婆端坐起来："你怎么能这样想？每个人都会有这么一天，不能因为你不喜欢或不愿意接受就改变它，孩子，人有时候就得舍弃一些东西。"

　　小冉有些急了："您说我该舍弃什么呢？"

　　"你认为不重要的东西。"

　　"可他们对我来说都像具有生命一样，有感觉，有情感，好像自己身上的一块肉，一点都不能舍弃。"

　　"那是你顾及得太多了，你必须做出选择，否则你不会幸福。"外婆看着她，轻轻地摇着头，然后又向她询问茹雪的情况，"她到底怎么样了？"

　　小冉不知该怎么说才好，这一句反倒把她问住了，她只能随口回答道："还算好吧。"

　　"死了父亲的人，痛苦得很哪，她的面相里就带着几分悲苦，不过命很硬。"

　　"命很硬是什么意思？"

　　"打个比方说，就是遇事比你坚强些。"

　　"可她……"

　　"好了。"外婆向小冉扬了扬手说，"说说你自己吧，大老远回来，才出门多长时间就受不了了？太多愁善感了，这未必好。"然后又把一床被子往她怀里一塞说："早点睡吧。"

　　小冉本想说什么，但看到外婆疲惫的面容，就把话咽回去了，倒头躺倒在床上。外婆随手关了灯，小冉一会儿就进入了梦乡。

　　清晨，太阳光从淡白的云层里暖暖地照射下来，几道彩色的光柱立在这美丽的村庄上，天和地就这样连接在一起。外婆兴奋地说："小冉，快来看，多么好看啊，这是吉祥的预兆，我们这里会有好事情，风调雨顺啊！"

小冉顺着外婆的指引,快步走到院子里,顿时感到眼前一亮,她从未感受到故乡是如此的美丽,虽然她不相信外婆说的什么预兆,但还是把心不留一丝缝隙地投入于这一片大地。她算是完全依赖这块土地了。天上淡白的云层镶着彩色的边框,在天空中闪闪发亮,天地间,几根金黄色的柱子"通"下来,就像传说中的天梯,那些会法术的人能够沿着这天梯登上天去,从此过上天堂般的生活。但这对她不重要,只是外婆看起来高兴极了,完全沉醉于古老的传说里,沉醉在一片吉祥的光辉里。从外婆的眼里,小冉看到了一种被岁月磨砺后睿智的光,一种身经百战的安和的光,一种托心于天地的吉祥的光。小冉忽然想到了什么,快速地跑出了院子。

　　"你哪里去?"外婆追问道。

　　"我一会儿就回来。"小冉跑出院门隔墙喊道。

　　初冬的早晨静悄悄的,没有花开的声音,也没有蜂围蝶阵、花团锦簇的热闹,像走入人家的旧屋子,冷冷清清。小冉顺着小路小跑着下河去,河水咚咚地响,小河上几块大石头充当了桥墩,小冉蹦跳着穿过河去。远远地看去,在这美丽的地方,一个美丽的姑娘在其间跳跃,顿时萌生了一种朴素的美丽。小冉顾不得多想,径直向张大婆家跑去。

　　没想到的是,茹雪起得比她还早,在没进院子时,她就看到了茹雪在院畔上安静地坐着,专注地看着眼前的一切。茹雪听到脚步声,转过头来看见了小冉,并没有理会,仍旧转过头去继续盯着院畔。茹雪的头发没有束起,柔顺地披下肩来,显得静美极了。小冉又暗自羡慕起茹雪的美来。茹雪眨了眨眼睛看着她,像是在询问。小冉抬头看了一眼眼前的这片天地,喘着气说:"我们的世界如此美丽!"

萌生

茹雪稍微挪了挪位置说:"是啊,我们的世界的确很美丽,不知我们的生活会不会如此美丽?"

"我想会的,不是吗,你不是正想要这样的回答吗?"

"可我不想听假话。"

"我说的是事实,你想想,我们可以无牵挂地去追求幸福,为此我们可能尝试到奋斗的快乐以及努力追求的热情,最后得到幸福的兴奋。"小冉看了茹雪一眼说,"实在不行,我们不是还有退路吗?你看眼前的世界不是很美吗?生活在这样的地方怎能不觉得幸福呢?"

茹雪听了小冉的话,怀疑地问:"你真的会这样做吗,你舍弃你的梦想了吗?还有……还有你的爱情?"

"我的爱情在山里。"

"为什么这样说?"

"茹雪,"小冉说道,"总有一天你会明白的,当你厌倦了这一切,你会明白的。爱情它不局限于所处的位置,富贵或者贫贱,都会有爱情,都会有一份纯真的、无邪的爱情。"

"你说得好美。"茹雪低下头沉思起来。

天空的云在慢慢地退去,阳光慢慢地平铺开来,冬日的艳阳天,暖暖的,着实是一种享受。这时候,很多人在屋子里是坐不住的,如此温暖的阳光,诱惑着他们沐浴在它的光辉里,包括那通人性的狗,也懒散地偎在主人的脚下,把头埋进身体里愉快地睡大觉。记忆中,外婆这时候会搬出家中的那张大椅子,舒服地躺上去,嘴里反复地说:"多好的天哟!"

茹雪还是低着头,好像灵魂出窍一般,逃离了这个世界。小冉本来不想打破她的沉思,但是出于好奇,于是开口问道:"你在想什么呢?"

"想你刚才说的话。"茹雪抬起头，慢慢地站起来说，"我们仅仅局限于表面，局限于自我，我们太在乎自己了，我们的心里只有自己，只是一个劲儿地单纯地想得到幸福，忘记了别人，忘了我们大好年华该做的事。现实往往不如人愿，经过许多次的磨炼之后，我们会觉得，只有眼前的、握在手里的，才有可能是真的。我们怀疑一切，不论真的假的、美的丑的，真心的还是虚伪的，但其实我们自己本身就有一颗错误的种子，因为所遇的事情，潜意识地让它发芽、成长、开花了。世界这么大，同芸芸众生比较起来，我们小得如同沧海一粟，兴不了风，也作不了浪，可我们还在强求，总是无休止地感伤，好像这是个黑暗的世界，谁都亏欠我们什么似的，所以我们做起事来理所当然。其实我们错了，小冉，我们好像真的有点过了。"

听了茹雪一连串的话，小冉一下子就蒙了。茹雪的话像一把钢刀戳在她的心口上，她感到脸上火辣辣的，像被扇了耳光。她本想告诉茹雪她的想法，但她不敢开口了，茹雪的话是那样直白地揭示了她的错误、自私、盲目。看到茹雪欲言又止的样子，小冉不知道该说些什么。从来没有一个人能够这样直白地告诉她这些，她不知道该高兴还是难过，大脑暂时空白一片。

茹雪看出了她的窘态，随即安慰道："小冉，你不要因为我的话难过，我所说的仅仅是像我这一类的人而已，我自己又何尝不是这样，唉，而我们要做的应该另有其事吧。"

小冉抬头看着茹雪，突然间觉得茹雪好伟大，她从来没有看到茹雪有这样的一面，今天见到，确实震惊不小。茹雪见小冉呆站在这里微笑地说道："还没有吃饭吧？来，外婆做了很多好吃的。"

小冉被机械地拉到了屋子里，张大婆正在忙碌地做饭，看起

萌生

来饭菜很丰盛。看见小冉进来,笑着说:"小冉来了,正好饭快熟了,省得我去喊你哩。"

不一会儿,饭就端上来了,五花八门的,看得人眼馋。正要动筷时,门外传来了外婆的喊声,小冉知道外婆是喊她回家吃饭的,她抬头看着张大婆和茹雪。这时张大婆抢先一步走出门去,朝外婆喊了几声,就笑着回来了,说:"没事了,吃吧!"然后给她和茹雪各盛了一大碗,一个劲儿地催促她们夹菜。饭很好吃,张大婆的厨艺是村里出了名的,同样的东西到了她的手里,做的就比别人好。小冉记得小时候,总喜欢在张大婆家里蹭饭吃呢!

吃过饭后,她俩要帮忙收碗筷,被张大婆一把推出门外说:"现在外面不冷了,多好的天啊,你们在外面待会儿吧,我一个人收拾就行了。"然后把门关上,围上围裙,开始收拾起来。

小冉很无奈,双手一摊对茹雪说:"你外婆就是这样,从不喜欢别人帮忙,嫌碍手呢。"

茹雪笑了笑,然后指了指院外说:"我们走走吧。"

乡间的小路上人很少,很安静,这最适合她俩谈心。路曲曲弯弯的,松软的土被阳光照得暖暖的,这多么像《平凡的世界》里描写的一幕,同是农村,同是隐逸的梦想,小冉知道应该努力克制自己,不然她是越来越不愿离开了,她这次主要是为了开导茹雪的。现在却不知怎么开头,随便地说了一句:"今天天气不错。"

"是挺好的。"茹雪答道。

"你觉得这里怎么样?"

"很安逸,很淳朴,给我一种安全感,我想我在这里能够找到你所谓的生活的快乐。"然后茹雪挤着眼睛对她笑起来。

"那你打算……"小冉看着茹雪说。

茹雪停下来,对着她说:"小冉,我想通了,人不论怎样都是生

活,平平淡淡,快快乐乐,这样的生活其实挺好的,不在乎贫富与贵贱,只要平凡快乐地生活下去就是完美的人生。"

听了茹雪的话,小冉突然想起李教授和她探讨过的人生。小冉说:"李教授说过这样一句话,一个人,他不可能平淡快乐地活一生,因为他不可能避世,就算自己愿意,但看到亲人朋友不能够像自己一样,他就不会快乐,就不能达到他的理想。所以我觉得,固然我们渴望美好的生活,但也不能固执地不分轻重地去追求。"

茹雪突然双眼直勾勾地瞪着小冉,眼里毫无保留地流露出一丝恐惧。小冉感到害怕,她不知道她的话对于茹雪幻想的生活打击会有如此之大,但她知道茹雪比她更渴望这样的生活,所以害怕了起来。

"李教授真的这样说吗?"茹雪的语气明显软了下来。

"但他说的不是绝对。"小冉故意这样说。

茹雪深深地吸了一口气,欲言又止的样子,然后转过身继续走起来。小冉看着茹雪的背影,也不由得悲哀起来,恨她不能主宰自己的命运,可她不知该怎么做,只好跟了上去。

风很温和地吹过她俩的脸颊,带着一丝凉意,未凋落的叶子在枝上沙沙作响,几只山麻雀嗖嗖地飞过树梢匆匆而去了。小河里,几头牛正在自由自在地吃着枯叶,河水很清,很静,若不细看,还发现不了它在流动,就是这小小的一湾清水,这一片带香的泥土,就能够养育出这千差万别的生命,这是何其伟大。小冉还是不能解开内心的矛盾,但想到了外婆告诉她的话,所以她理了理思路,说:"茹雪,我要跟你说一件事,我们回学校吧!"

"打算什么时候?"

"要不,就明天?"

"为什么这么快?"

萌生

"我感觉我们不是回家,而像个逃犯一样逃出来了,学校那边失去了我们的联系,我们就这样走了,实在太唐突了。况且我们还没有说清楚一些事情。"小冉想起了张宇生的短信。

"什么事情?"她问。

"回校再说吧!"小冉有所保留地说。

茹雪想了半天,说:"好吧。"

23

外婆为小冉准备着行李,大包小包一个劲儿地装了不知多少东西。小冉有些抱怨,可外婆只顾装,根本不理她。

"外婆,你装这么多,我根本吃不了,这路上还不把我累死啊!"

"吃不了就给你的同学吃嘛,我怕你会想这些东西的,所以给你各样带了些。"

小冉无奈地摇头笑了笑:"这些东西到了学校我也做不来啊,要不,我把您老人家也带上吧?"

外婆嗔怒地说道:"这孩子,净说瞎话。"随后露出一副笑脸说:"那就放下一点吧!"

小冉一股脑减下去一大半东西,外婆不停争执,可最终拗不过她,方才作罢。随后小冉又躺在床上好好地补了一觉。

第二天,阳光很早就溜上窗来,照得整个屋子发亮,待小冉醒来时,外婆把饭已经摆在案头了。怕凉了,细心地用盖儿盖着。小冉翻身坐起来,看了看表,已经快十点了,她说:"怎么不叫我呢?"

"这不十二点的车,现在还早哩,看你睡得这么香,不忍心

叫你。"

"外婆,您这样会把我惯坏的。"

"嗨!哪有的事,不是见你路上要走好长的时间吗?这才……好了好了,下来洗脸吃饭吧。"

昨晚好像刮过风,挺冷的。小冉提着包要到村头去等车,外婆把她送下院畔就站住了脚。小冉说:"外婆,你不会想我吧?"

"你都这么大了,快要出嫁的人喽,我还想什么呀。"

小冉知道外婆在硬撑着,她不想戳穿外婆,她自己又何尝不是?提着行李一个人默默地走了,可眼泪不争气地就流下来了。小冉不知道外婆还能陪伴她多长时间,外婆已经老了,而她的父母只顾挣钱,为了过他们所谓的好日子,忘记了外婆本该需要安抚的心。想到这儿小冉就更伤心了,她停下来,转过身看着外婆,外婆看见她哭了,责怪地说:"这孩子,永远长不大,这还哭什么呀。"然后转过身背对着她说,"走吧。"接着有些蹒跚地回到院子里去。小冉知道外婆是一个人偷偷地哭去了,怕她见着会更伤心,但小冉何曾不知,她在心里默默地对自己说:"一定要坚强,一定要有所作为。"然后快步向村头走去。

茹雪已经在村头等候了,看见小冉来了,就过来帮忙提东西,张大婆也不在身边,看来茹雪和她是一样的情境,她没有去问。这个时候,庄稼人是很少去城里的,闲着无事,也不愿掏那对他们来说昂贵的车钱,所以这里只有她和茹雪两个人。对面是一个小男孩赶着三头牛,牛吃得很上心,所以男孩也就懒散地坐在地上,头埋在双腿间,像是在呼呼地睡大觉。

随后,汽车的鸣笛声从老远传来,一会儿就转过山峁,出现在眼前了。小冉和茹雪上了车,车里零零落落坐着几个人,他们操着浓厚的乡音闲谈着。她俩找了座位坐下,美美地睡了一觉,当

萌生

她们再次醒来时,汽车已经到站了。

回去的旅途就像来时的重复,只是心情比来时更凝重。小冉看着窗外,装作不经意地说:"茹雪,还记得张宇生吗?"

"为什么突然提到他?"

"我想问你一件事情,你到底跟他说了些什么,让他来找我?"

茹雪眨着眼睛,低下头,沉默了一会儿说道:"其实也没什么。"

"你不愿意说就算了。"小冉说,"我正要和你说说他,我知道他很爱你,比我想象的还要爱。"

"那他对你呢? 你对他呢?"

这一问问得小冉说不上话来,她不知道该用什么样的言语来表达她的感受,她也不会想到有一天,她和茹雪竟会面对面讨论一个男生,而且是因为爱。小冉知道,此时这已不是彼此的秘密,说出来反而能更好地面对一切,因为彼此的心里有了一层更深更清澈的感受。所以她看了看茹雪笑了起来,茹雪也笑了,明显是明白了她的意思。

汽车继续在第二个站点上奔驰着,小冉想到此次的收获,目的地已不是最重要的,但她又想到了张宇生的忧伤,忍不住在心里慢慢地心疼起来。茹雪显然不知道。

终于踏进了学校的大门,说不上是什么感觉,有认识她俩的人快速跑到班里去,接着消息像炸开了锅似的沸沸扬扬地传开了。她俩一个礼拜不来学校,招呼也不打一个,学校以为她俩失踪了。不过此时看到她俩平安地回到学校,学校也只是象征性地给了个批评警告。不一会儿,茹雪的妈妈郝如芳来到了学校,见到她俩,深深地吸了一口气,这才放下心来。

118

"你们去哪儿了？也不联系我们,电话也打不通,吓死我了,还以为……就差报警了。"

"妈,我和小冉回去了。"茹雪说。

"回去了? 回哪儿了?"郝如芳疑惑地问。

"小南庄。"小冉说。

"小南庄? 怎么突然想起回那里? 你外婆还好吧?"

"只是心里有些不舍。"小冉抢着说道,然后看着茹雪,她附和地点了点头。

"怎么了?"郝如芳问道。

"我很怀念以前的生活,妈妈,我把这一切都看透了,失去的东西太多,才让我感觉到自己连最起码的都不曾拥有,有些人离去了,有些人被遗弃了。但我真的好想那些人,他们的身上才真正地存在着让人想好好生活的情感。"茹雪说道。

小冉看着郝如芳。郝如芳沉默了,她知道茹雪所说的人是谁,所以转变了语气,很平静但很忧伤地说:"好吧,既然这样就算了,现在咱们回家吧。"

不一会儿,茹雪便消失在小冉的视线中,如同一片秋叶。时间还有些早,大中午的,阳光很暖,小冉去找张宇生,没有找到,打电话也一直没有人接,最后她发了个短信给张宇生:半小时后,小荷园见。然后去等张宇生了。

天气并不怎么冷,再加上小冉穿得很厚,所以她很舒服地坐在一个石椅上。一个礼拜过去了,她不知道张宇生是否有新的变化,反正小冉觉得自己成熟了不少。就这样细想着,想见张宇生的念头更强烈了。

时间在一分一秒地过去,三十分钟一晃而过,可仍然不见张宇生的影子,又等了将近二十分钟,张宇生还是没来,小冉给自己

萌生

找了个理由,也许是他没看到那条信息,所以她继续等。

等,是最折磨人意志的一种方式,不论你是在等一位情人还是喜人的消息,时间的流逝都会让你觉得无聊、乏味,甚至厌恶。小冉总算领会到等待的卑微了,或许是她主动要见张宇生,所以她更加觉得她自己傻乎乎地坐在这里是多么的可笑,简直像被人耍了的小丑。可她不甘心,不能就这样走了,所以她保留了自己最后的底线,强迫自己坐下来继续等。太阳已经垂西了,她确定张宇生不会来了,她终于失去了等待的勇气,可就在这时,一个熟悉的身影跟跟跄跄地跑了过来。

那就是张宇生。一个礼拜过去了,他剪成了短发,变得比以前精神多了。待他走近,小冉问道:"你腿怎么了?"

"没事,不小心碰的,让你久等了。"

从张宇生的语气里小冉发现他是有预谋地特意来这么晚的,也许是在考验她的耐性,也许是他的内心在纠结要不要来见她,从而做了一番挣扎。

"你很晚才看到那条短信吗?"小冉问道。她不喜欢拐弯抹角。

"想听实话吗?"张宇生看着她说,"我是故意的。"

小冉抬头瞪着张宇生,他很无所谓地坐下来,吸了一口气说:"我也想让你尝尝苦等的滋味,那天,发短信给你,我足足等了五个多小时,而你俩却没有来,而且就像蒸发了一样,一下子消失了。"

小冉抬头看着他,想要说理由,却什么也没说出口。她不想做太多的解释,这样反而让她自己觉得太过于敷衍。小冉是一个感情丰富的人,不喜欢说客套话,她希望别人能够像自己一样直白地表达,而张宇生就是这样的人。

"找我有什么事吗?"张宇生问。

"我正要问你呢。"

张宇生看了看她,有些颓然地说:"这让我怎么说呢?"

"你自己看吧。"

"你想怎样处理这些关系? 想怎样实现我们的理想?"

"什么关系? 什么理想?"

"爱情。"张宇生说得很直白,"还有你挚爱的文学。"

"我爱你,那是以前,现在依然是。"小冉知道自己说的话很矛盾,不知为什么,当她面对张宇生时,就有些语无伦次。

风冷冷地吹来,小冉的脸颊顿时变得像熟透了的柿子,但她没有心思喊冷。张宇生双手揣进裤兜里,双眼看着远方,像是在沉思,然后呼了一口气,回过头来说:"你以为有结果吗?"

"管它呢,谁又能判断得这样清楚。"

张宇生问道:"我想知道你怎样看待这份爱情?"

"这是心灵的沟通,情感的交流。"小冉说。但她又想起了茹雪,爱情里是最忌讳提及第三个人的,但事实无法避免,况且小冉已不在意。

"说得很好,那你明白我的心吗?"

"那么你呢?"小冉不理会,自顾问道。

张宇生耸了耸肩膀说:"让我想想。"

过了好一会儿,他才慢吞吞地说:"实话告诉你吧,我并不了解,我看不透你的心思,你的变化很大,很沉静,很忧思。"

"那就好了,我们暂且不提这个行吗?"

"行,你想说什么?"张宇生问。

"说第二个问题,理想。"

"嗯,好吧!"然后张宇生站起来说,"坐在这儿很冷,不如走

萌生

走吧。”

　　小冉随着张宇生边走边听。张宇生说他非常喜欢文学，他希望可以在这方面有所成就，所以花费了很长时间很多精力去学习，意思很明了，就是没有多余时间考虑别的问题。小冉也不管张宇生怎么说，都不做任何表示，只是静静地跟在他的背后倾听，然后说说自己的想法。一切都很平淡，像是同学之间的互相交流。

　　张宇生走后，小冉一个人在黄昏里默默地孤行着。她知道，张宇生彻底地变了，变得开始努力学习，不管其他的一些事情了。她也知道，张宇生做的这一切都是因为他要摆脱贫穷，为父母争光。而她还知道，属于他们三个人的这场爱情戏演完了，他们之间再也不可能回到过去了。纠葛了他们这么久的一场爱情就这样平静地结束了，不动声色，彻底地土崩瓦解了。在这场爱情里，谁也没有妥协，谁也不会因此而改变，就像空中不断上浮的一片枫叶，它迟早会悠然地落下来，像诗一样惊醒别人。他们之间谁的脚步也没有停，依旧照着它原有的方向，一路向前。

　　灯光在刹那间被点亮了，宣告了白天的结束，黄昏不被察觉地悄悄挥手离去。灯火通明的街头，像迷人的旋涡场，许许多多的人在这里迷失了方向，变得“面目全非”。小冉不能被这诱惑左右，即使她站在人生的最低谷，也不会因此而违背自己的信仰。信仰，仅仅存在于一颗真挚的心灵，一个坚定的信念。小冉叹了一口气，不去理会这些事，她加快自己的脚步，朝着学校走去。

　　每个人心里都存在着一个秘密，别人或许知道，或许不知道，但这对于小冉来说根本无所谓，她只是简单地知道，天冷了应该多穿几件衣服，饿了应该吃一点东西，渴了应该喝一点水。不是她不想去探究一些更深奥的东西，只是她觉得自己没有那么多的

精力去在乎那些东西。尽管每个人本身都储存着一个向往高端的种子,但大多数被扼杀在摇篮中了。所以她只能在心里暗自庆幸,自己没有在这个物欲横流、信仰缺失的社会里被卷入其中。她只是一个旁观者,或许连这都不算,只是默数年华,让青春在指尖溜走,看离开的人向她使劲大笑着挥手,然后变成哭泣。片片细语凝噎,然后泛滥成一片海洋,流出来两滴眼泪。这一切结束以后,小冉真的不知道自己在大学里干什么来了,如果单单地是学习,她觉得这不是她想要的,就像有些人过腻了自己的日子,然后组团去旅游,去探险,试着享受那种不曾有过的刺激和新鲜。所以没有哪个人是安分的,只是被一些东西暂时或永久地禁锢在原地,没有离开的机会罢了。

大学,不能说好,也不能说不好,主要靠自觉,所以小冉有充分的自由。在绿茵地静坐两个小时,或在图书馆待一个下午,这些都是她可以享受的时光。小冉有时候想,有时候也不想,只是静静地坐着,打发那些看似多余的时间。

眼看着寒假临近,小冉竟一时半会儿缓不过神来,一学期就这样简单而又复杂地完了,她似乎什么东西也没有学到,有点小小的失落。不过这样也好,只要自己安心地度过每一天,管他过程的曲折或平顺。

小冉收拾着行李准备回家,下午见着茹雪,高兴得不得了。小冉跟茹雪打招呼,然后谈一些寒假的去向。茹雪要去旅游,去一个很远的地方——西藏。只有她一个人,所以她问小冉能不能陪她一起。小冉摇摇头,表示对西藏没有兴趣,暂时没有出去旅游的计划。小冉准备回小南庄。学校规定今天必须离校,茹雪说要送小冉,她没有拒绝,走到校门口,就要分别的时候,她问茹雪:"为什么突然想着要去西藏旅游?"

萌生

茹雪想了想说:"因为我向往一个地方,然后一个人静静地待着,去解一直埋藏在我心里、久久不能解开的心结,然后回来好好地过自己的生活。"

"心结?那是什么?"

"我想我们每个人都有一块伤疤,潜藏在心底隐隐地痛,不管这是自生的,还是别人强加的,我们都得学会慢慢地去愈合它,所以我想找个靠近天堂的地方去听听天籁的声音,然后找个充足的理由好好地生活。"

小冉抬头看着茹雪,茹雪也看着她,表情很坚定。她知道这是茹雪想了好久才做出的决定,所以也没有说什么阻拦的话,也没有祝福,因为她俩彼此都不在乎言语上的客套,只是心里默默地为彼此祝愿着。

又走了一段路,张宇生也来了,她俩看着他,他只是狡黠的一笑,便像往常一样正经了起来,然后跟她俩打招呼,顺口说道:"假期打算怎么过?"

小冉没有回答,反问道:"你呢?"

张宇生随口就说:"去西藏。"

"为什么去那里?"茹雪接过话问。

"因为我想找个靠近天堂的地方,去听听天堂的声音。"

小冉一下子就愣住了,转过头去看茹雪,茹雪同她一样惊讶。小冉不承想到他俩的想法竟会如此的相似,显然茹雪也感到很意外。张宇生看着她俩怪异的表情,就问:"怎么了? 有什么不对吗?"

小冉没有说话,显然这个时候告诉张宇生说他的想法竟和茹雪是一样的是不合适的。她看了看茹雪,茹雪瞬间就转换了表情,坦然地说:"没什么,只是觉得这个想法挺新鲜。"

"你一个人吗?"小冉问。

"暂时是,如果有人结伴当然很好。"

小冉觉察张宇生的目光在她俩身上扫视了好几次,想得到答案,她没有表态,她只想听听茹雪的意思,毕竟茹雪也要去靠近天堂的地方。可茹雪没有说话。三个人就这样干巴巴地站着,小冉为了打破僵局,只好说了句:"走吧,我要回去了。"然后三人之间的尴尬气氛才有所缓解。

"那么你们呢?"张宇生问,语气里夹杂了一丝失望。

"我不知道,估计先回小南庄一趟。"说完这句话小冉看着茹雪。

茹雪很平静地、不露声色地说:"我也想去旅游,但不知道去什么地方,初步打算去一个比较适合散心的地方。"

听茹雪这样说,小冉转过头看着茹雪,茹雪没有躲闪的意思,水灵的眼睛看着她。小冉突然又想起曾经那给她一种拒人千里之外的眼神,虽然现在的茹雪更容易让人亲近,但内心深处,她觉得那种斜睨的眼神更具吸引力。张宇生点了点头,然后说:"小冉,那么路上小心点。"

小冉嗯了一声,说道:"不用送我了,你忙你的吧,我想让茹雪送送我。"

张宇生对着茹雪说了几句,然后和她道别。在路上,小冉问茹雪:"为什么不告诉他实情呢?"

茹雪停下来,用手捋了一下头发,很随意地说了一句:"没有这个必要,如果有缘自然会遇到。"

小冉哦了一声,也不多问,低头走着,只是突然觉得有点冷,那些曾经走过千百回的道路现在感到有点陌生,树干早已秃成一根根电杆,枯叶也消散了影踪,路上人很多,可没有原来那种喧闹

萌生

了，一切都加快了节奏，所有的一切都拥堵在眼前。小冉觉得自己很可怜，像是这个环境中白驹过隙一般不留痕迹的可怜虫，所以心中徒增了一些伤感。空气好像很压抑，呼吸有点困难。小冉感到心很乱，浑身不舒服，这时候离别的伤感终于涌上心头。小冉有些情绪，想一个人静静地走，所以对茹雪说："你也不用送我了，我想自己走。"

茹雪停下来看了小冉一会儿，然后过来抱着她，没有说一句话，只是双臂紧紧地抱着。小冉多么想像茹雪一样，把她也紧紧地抱住，但是小冉没有，不知为什么，她一时找不到抱茹雪的勇气。茹雪的双臂很用力，小冉紧紧地贴在她的怀里，好像要让两个世界合二为一。小冉的耳朵贴近茹雪的嘴唇，感觉到茹雪的呼吸很重，气息很长。过了好一会儿茹雪才松开她，然后四目相对。茹雪的眼睛很红，像要哭出来，小冉只是很专注地盯着茹雪看，不敢眨动一下眼皮，小冉害怕自己的眼泪会流出来。她不想哭，不想在茹雪面前哭，因为她觉得自己不能比茹雪更伤感。茹雪依旧那样看着小冉，小冉觉得有点不自在，随后茹雪轻声说："小冉，路上小心点，不想一个人回去的话就跟我一起去，我等你。"

小冉没有回答她，只是慢慢地转过身去，这算是一种拒绝吧，然后迎着寒风，一步一步地消失在茹雪的视线里。

车站人很多，大多数人像小冉一样拉着行李，准备回家去。寒风像是舍不得小冉离开，使劲地向小冉吹过来。小冉感到脊背有些寒意，她深吸了一口气，再也不愿停留，拉着行李向售票厅走去。

"何必走得这么急，坐下聊聊再走也不迟。"

突然一个声音从背后传来，小冉回过头，因为这个声音很熟悉。自从那次雨中别离后，她已经有一个多月没和他说过话了，

所以她很惊讶这个时候他能来送自己,不管是出于什么原因,她都很感激。

"李教授,你怎么来了?"小冉惊讶地问。

"何必这么客气,怎么,不能来送送你?"李教授笑着说。

"我不是那个意思。"然后小冉仔细地看着李教授。

李教授穿着一件紧身夹克,整个人显得很笔挺,很干练,洁白的衬衣整齐地从领口束出来一分。令小冉新奇的是他留了很齐且很短的胡子,这样看起来更有韵味。最让小冉注意的是他那双炯炯有神的大眼睛,当他看着小冉时,小冉仿佛能从那里面发现另一个与这世界格格不入的天地。李教授很和蔼地冲小冉一笑,小冉觉得这笑意也是那样的深邃,是的,在小冉眼里,李教授仿佛就是宋词里描述的一个从江南小镇里走出来的人,向小冉陈述他本身世界的美丽,然后歉意地向小冉问好。面对着这恍若隔世般的笑,小冉自然生不出第二种情绪,只能像李教授一样,报以同样的笑容。

"随便找个地方坐坐吧,时间还早,误不了你的行程。"李教授说。小冉拉着行李箱和他并排走着。小冉本不想如此走下去,但她找不到话题,一时半会儿竟不知该说什么好,李教授也默默地走着,过了好半晌,才开口说道:"没有什么想说的吗?"

"你呢?"小冉问,与其不知该怎样回答,还不如把问题交给他。

"最近过得怎么样?听说你发生了很多事。"李教授询问道。

小冉看着李教授,不知该怎样回答,也不知该从何说起。李教授也不急,只是慢慢地拿出一包烟,抽出一根塞到嘴里点着,然后吐出白色的烟圈。随着李教授嘴唇的张合,那些动人的言语也凝固成缥缈的烟圈了。小冉不知道李教授什么时候学会了抽烟,

萌生

动作是如此的娴熟。李教授继续问道:"学会了什么没有? 或者有了什么新的体会?"

"我不知道,我只是很干脆很直接地去探索一些生活的奥秘。"

"那结果呢?"

"我想这也是我想问我自己的问题。"

"你很失落。"

"为什么这么说?"

"因为从你一个人来车站,还有你现在的样子,我可以肯定。"

小冉转过头看着李教授,李教授也看着她,说:"还在追寻你心中完美的生活,完美的爱情?"

"我没有。"说完这句话小冉心虚了。

"其实,你应该把心放得更开一些,你这种心态很难得到快乐,你在追求一种完美的生活,可你我都清楚,这是不可能的,除非你能够抛弃所有,包括你自己,然后安心地生活。"

"那么你呢? 为什么这么多年还一直单身? 不要告诉我你没有找到合适的。"

李教授重重地吸了一口烟,然后像小冉一样情绪低落。小冉知道她说中了李教授的软肋。李教授转过头不看她,然后仿佛自言自语地说:"这么多年,我终于遇到这样一个人,可是来得晚了。"

小冉停下来,李教授继续走着,在离小冉四五米的距离停下,背对着小冉,小冉看不到他的表情,但她知道答案。

"其实你也是爱我的,对吗?"小冉稍大声地问,尽量让语气平缓,尽量避免让李教授听出她内心的激动。

李教授依然背对着她,仿佛这三五步的距离有好几千年远,

无论她怎样努力都到达不了那个地方。这点距离是跨越年轮的，不是所谓的一圈两圈就可赶得上，但她还是想听听前方的那个答案，即使这答案已经不重要。

李教授回过头，竟面带着一丝笑意，看着小冉说："其实我是想告诉你，无论自己得到或失去的，都已不是最重要的，而你应该彻底放开心怀，去坦然接受一切。环境确实把你改变了，我相信环境的可塑性了，你要学会生活，不要在心里总是憋一口气，要直接地把它吐出来，不必在乎其他事情对你的干扰，好好地过自己的日子，若干年后，你认为不可舍弃的东西在那时也许觉得不再重要了。"

小冉点了点头，轻轻地说了声："我懂了，谢谢你。"然后慢慢地转过身，朝着车站走去，待走过一小段距离后，回过头，发现李教授还在那里站着，依旧给她那种别样的感觉，她突然想起一首诗：

你见，或者不见我
我就在那里
不悲不喜

你念，或者不念我
情就在那里
不来不去

你爱，或者不爱我
爱就在那里
不增不减
……

萌生

在风中刹那永恒了这画面,和诗中重叠,小冉知道自己忘不了李教授,毕竟他是让自己动过心的人。小冉也不多想,转过头艰难地离去。

24

车在路上行驶了好久,终于在第二天天黑之时,到达了小南庄。冬天的傍晚,很静,尤其是在农村,山沟里一点风都没有,小冉只是觉得干冷干冷的,整个村子都淹没在黑暗里,没有了一点声音。小冉顾不得想太多,赶紧朝外婆家走去,脚步咚咚声打破了这沉静,然后有谁家的狗率先叫起来,接着连成一片。

小冉把头探进小院,阿黄跑出来,她轻声说:"阿黄不要叫。"然后阿黄就乖乖地跑回去,钻到窝里去了。外婆还不知道她回来了,她想这个时候外婆应该睡着了。于是她轻唤了声:"外婆,我回来了。"然后屋里开始有响动,一会儿门开了,外婆看见是小冉回来了,高兴得合不拢嘴。许久没有见到外婆,小冉迫不及待地和外婆聊了起来。外婆说:"你累了,早点睡吧。"然后熄灯睡觉去了。小冉翻来覆去睡不着,满脑子都是茹雪和张宇生所谓的天堂。

天堂的声音?那是一种怎样的声音?反正小冉是想不来,因为这不是小南庄之类的地方能够孕育出来的,也不是那群山叠嶂和蜿蜒山水能够办到的,这些地方会明显地显出一种小家子气,不具备那种盛气凌人、磅礴激昂的大家之气。天堂就应存在于那种地方,甚至可以说天堂只有可能存在于那种磅礴之气的高原上,这样说来,就只有一个地方,那就是西藏——朝圣者的神圣之地。

25

茹雪的行程比较晚,但张宇生不一样,他没有充足的时间,所以提前启程了。

26

第二天早上起来,外婆问小冉:"怎么这么急着回家,都是大人了,也不出去转几天,见识一下世面也好,待在这小地方有什么好。"

"外婆,我想你嘛。"然后小冉搂住外婆的腰,腻在她的身上。

"你这孩子,看来是长不大了。"外婆故作生气地说,然后和小冉一样甜甜地笑起来。

期间茹雪给小冉打电话过来,说在家等她,小冉本来就有些好奇茹雪说的靠近天堂的地方是什么样子,再加上茹雪说等她的这句话,她实在是不得不每天想起来。她没有拒绝,也没有应允,只是内心纠结着。

日子就这样简单而平和地过着,小冉仍然沉浸于外婆给她的那种独特而厚重的爱里,或许这并不是她的本意。她总是在外婆向她提及其他事情时,就会时不时想起茹雪,或许她心里真的有点放不下。聪明的外婆看出小冉有心事,问道:"小冉,你有什么心事吧?"

"没有啊。"小冉说。

外婆看了她一眼笑着说:"死丫头,这么多年了,你那点小心思能骗过我?看你整天心不在焉的,没什么才怪了!你呀,什么

萌生

事都写在脸上,还瞒我?"

　　小冉不好意思地笑了一下,本来不想这么急着说,但外婆都把话说到这个份上了,她也就没有隐瞒的必要了。

　　"你想去西藏? 那是什么地方?"外婆好奇地问道。

　　"一个很远很远的地方,那里空气有些稀薄,而且很冷。在那里,天空是深蓝色的,空气是新鲜的,那里有我们从来没有见过的高山,山上有雪,阳光照射下来,反射着七彩的光,人们在山下昂首企盼着,相互拥抱,相互欢笑。还有那虔诚的人一步一跪,朝着心中的信仰走去。"

　　外婆咂了咂嘴说:"哪有这么好的地方? 不过听你说得好像真的一样。"

　　"外婆,我说的是真的,而且那里的人真的很虔诚,每到朝圣的时候,他们都会一同去朝拜,不亚于世界上任何一个宗教徒,我想,如此坚守信仰的人肯定是善良的,所以,我很想去看看。"

　　"想去就去嘛,成天守着我这老婆子有什么意思,上次你不是回来一次了吗? 你有自己的理想,想去哪儿就去哪儿,没有人会阻拦你。"

　　小冉很感激地看着外婆,外婆不好意思地笑了一下,转身去做饭了,随后说了一句:"知道你着急,想去就明天去吧!"

　　小冉终于踏上了去西藏的旅程,茹雪和她一起,她俩的行李有点多,准备得比较齐全,茹雪的妈妈专门给她俩备了很多必要的东西,说路上用得着。虽然她俩觉得有点多,但还是乖乖地带上了。

　　世界上最折磨人的应该是等待了,小冉最不愿意的就是停下来等。天空有点灰,刮着风,北方城市有些冷,尽管她穿得很厚。火车哐当哐当地在原野上行驶着,偶尔鸣笛一声,那些叫不出名

字的小动物就远远地逃开了。时间确实很长，她俩要坐一整天的时间，干坐着也不是个事，干脆补了两张卧铺票睡去了。

记得西方的神话里，上帝主宰着一切，人与人相遇是需要缘分的，而这缘分是上帝早已安排好的，在某个时间某个地点，偏巧不巧地就相遇了，没有迟一分，也没有早一分，不然就会擦肩而过。而小冉总相信这种缘分是宿命的安排，只有相遇了才相信它的奇妙和玄乎，却远远忘记了那千百次擦肩而过的无奈，所以这只是一厢情愿，上帝也是一厢情愿的。

西藏终于到了，小冉忘记了路途上的枯燥和昏昏欲睡的不快，只是单单记得下车后那种新鲜事物闯入眼帘的刺激，还有那股从未体验过的寒冷。对于一个北方人来说，小冉以为可以抵御西藏的冷天气，也许是晚上到站的缘故吧，小冉才知道这儿的寒冷不是想象的，只有切身体会了，才能感觉到那种滋味。恰巧有风，吹过来脸像刀割一样地痛，用手捂着，像捂着一块冰冷的铁块，咧咧嘴，脸像碎了的玻璃一样，小冉感到一种不可言喻的疼痛。再看茹雪，和小冉一样冷得直哆嗦。茹雪拿出围巾递给小冉，小冉赶紧在脖子上打了几个转，把自己包裹得严严实实，只留下一双眼睛在外面。小冉觉得冬天来这里是个错误的选择，太阳越出北回归线的一刹那，这个地方就变成了一个寒冷的世界，恰巧是这种环境恶劣、人烟稀少的地方，才孕育出一股超俗的勃然大气，神秘的色彩也就笼罩了这里，因此才能够感觉到它那种拒人于千里之外的决然情绪和与世孤立的洒脱之气。冷风依旧呼呼地迎面而来，小冉只好断了遐想的念头和茹雪找个旅馆住下来，然后倒在床上呼呼地睡大觉。

第二天，她俩早早就起来了，因着对新事物的好奇，她俩脸上都挂着微笑。出了旅馆，天空晴朗，阳光柔软地照过来，给冬日的

萌生

拉萨披上一层暖和的棉装。走在拉萨的街头,看着来来往往的人,听着他们说着完全不懂的语言,感觉到了另一个世界。墙上挂着写着藏文的招牌,入眼的还有金黄的圆屋顶和白色的墙,小道边有些商贩摆着稀奇古怪的玩意儿,一个胖胖的大姐拿着两个转经筒在手里旋转着,讲着普通话,对她俩说:"两位小妹子,买个转经筒吧,会给你们带来好运的,我佛会保佑你们。"

她俩听着这话,便买了两个。茹雪把转经筒拿在手里旋转着,对着小冉甜甜地笑,小冉看着她灿烂的笑容,心里有种难以言喻的欢乐。小冉说:"拍张照片吧,留个纪念。"然后她俩的笑容就定格在茹雪的手机里。这一年她俩十八岁,永远的十八岁。拍完照,她俩心情很好,茹雪戴着厚厚的手套,手里把玩着转经筒,走了一小段,一个穿白上衣的小姑娘从她俩身边经过,小姑娘扎着一个小辫子,戴了两个很精致的头花,只是小脸冻得通红,皮肤很黑,可能跟气候有关吧。一双大眼睛紧紧地盯着茹雪手里的转经筒,也不说话,只是踌躇着不愿离去。茹雪当然看出了她的小心思,然后走过去蹲下来对她说:"喜欢它?"

小姑娘不说话,看着茹雪手里的东西,又看着小冉。茹雪说:"姐姐问你一个问题,如果你回答上来,就送给你。你知道天堂在哪里吗?"

小冉忍不住说:"她压根不知道你在说什么,你怎么会问小孩子这个问题?"

"小孩子才知道答案。"茹雪低下头说,转过去看着小姑娘,"姐姐把它送给你,你告诉姐姐答案好吗?"

小冉不作声了。小姑娘听得似懂非懂的,突然猛地点了几下头,茹雪很高兴,伸手把右手里的转经筒递过去。小姑娘拿在手里看了看,然后转身就跑,一眨眼就消失在人群里。小冉看着她

消失的街道,压根就不知道会来这么一出,忍不住想笑,但茹雪表情很严肃。小冉笑了一声说:"这丫头,真是鬼机灵,算了,拿就拿去了,咱们再买一个便是。"

茹雪慢慢地站起来对小冉说:"不用了,祝福不是说买就能买到的,送给她吧。"

"那个大姐只是随口一说,谁买她都会那样说的,你当真了?"

"什么是假的?我们只不过偏巧来到这里,她对我们说了而已,在相同的地方,一个人一辈子能来几次?"

"说的也是,不过不要紧,我们自己去找便是。"

"好吧。"茹雪站起身,把剩下的一个转经筒装进包里,然后深呼了一口气,挽起小冉的胳膊向市中心走去。

在小贩摆摊的小道上,可以看见阵阵白气撩人般升腾,有的轻声吆喝"酥油茶香嘞"。有嘴馋的过去喝一碗,不仅味道可口,而且感到全身发暖。茹雪说:"我们去酒吧坐坐吧。"

"酒吧?我不怎么会喝酒。"小冉老实交代。

茹雪略带责怪地说:"不会喝酒?那你一个人待着吧。"

"这样不好吧?我一个人有什么意思?"

茹雪扑哧一声就笑出声来,说:"本来就是骗你的,看你的样子,走吧,说不定在那里会得到些什么呢!"

得到些什么?小冉不大懂,但还是跟着走了过去。拉萨的酒吧确实很有味道,它不像其他地方的酒吧那样做作,只顾修饰外形,靠华丽的包装和炫目的灯光来撩人的眼。在这个小冉叫不出名字的酒吧里,有一种很舒服的味道。老板是个中年男子,一米七五左右的身高,留着一些胡须,通过交谈得知他是爱尔兰人。音响里播放着爵士和摇滚的混合乐,这倒不是特别吸引人,但是

萌生

客人依旧很多。老板的生意经营得很好,里面大多数是外国人,可能是因为远道而来,大家都很随和,很容易攀谈。茹雪英文好,所以就和一个二十来岁的美国小伙子戴恩聊开了,而小冉只是偶尔插一两句。茹雪的话总是出人意料,小冉想如果换个地方,换个人,人家肯定以为她是神经病,但幸好是在拉萨街头的酒吧里和一个外国人聊天。喝的是什么酒小冉早已忘记,只是唯独记得茹雪和那个美国人的聊天内容。

"看来你挺喜欢与陌生人交谈,你的发型不错。"茹雪说。

"哦,谢谢,这个是新剪的,每个人生下来都是从陌生开始熟悉的。"

"很冒昧,想问你一个问题,你知道这里哪个地方最神秘?"

"或许你会对布达拉宫感兴趣,当然,我也是初来乍到。"

"以你的判断也是如此吗?或者问一个很荒诞的问题,世界上哪里有天堂?"

可能美国人也聊得起劲吧,半开玩笑地笑着说:"天堂,它在纳西西比亚,在维也纳音乐大厅里,在迈克·杰克逊的演唱会上。"

"不,不,不!"茹雪很大声地说,周围一些人把目光瞥向这里,一会儿又扭过头去。"你的玩笑确实很搞笑,但是,这里才有可能存在天堂,这里才是天堂诞生的地方。"说完站起来拉着小冉往外走。小冉觉得可能那个美国人轻浮的对话败坏了茹雪的兴致,所以也没说什么,只是向爱尔兰老板点了点头,便往外走。

"喂!"走到门口时,那个美国人叫住她俩,"也许天堂只是在你心里!"

茹雪回过头看着他,他有些不自然,看来美女效应在不同民族面前是通用的,外国佬也会因茹雪目不转睛地看着自己而有些

不自在。他耸耸肩,转身回去继续喝他的酒去了,耳边的爵士乐还在响,客人们表情各异,大多数人都沉醉在酒吧的音乐里。茹雪看着小冉,点头示意想要再回酒吧去。小冉觉得茹雪一定又来了兴致要和那个美国人讨论半天了,她觉得这没多大意义,不如出去走走的好。

从酒吧出来,眼前顿时明亮了许多,当然,全世界的酒吧都不可避免地清一色地制造阴暗的氛围,人就喜欢这种阴暗的环境,可能是人们内心的不可窥性,但小冉不喜欢。街头的风吹来,有清冷的感觉。小冉抬起头望去,天空真的很蓝,很深邃,可惜就是没有一只飞鸟滑过,只留下一抹独独的蓝。

"看样子你是打算去布达拉宫了?"小冉问茹雪。

"也不见得,美国人说的和我想的有本质上的区别。"

"那你是不打算去喽?"小冉又问。

"谁晓得?暂时还没有想法,不过作为旅游的去处肯定是不会错过的。"茹雪哈出了一口热气说。

"那我们现在去哪?"

"你认为呢?"

"不如我们去探索一些秘密吧,这里每一座名山,每一片湖泊都有着独特的神话传说,像冈仁波齐、南迦巴瓦、羊卓雍错、纳木错等等,都有着美丽的故事。还有一个藏族人人皆知的美丽传说。"

"是什么?"茹雪瞪大眼睛看着小冉。

"格桑花。"

"格桑花?"

"对,寻找八瓣格桑花,传说谁找到八瓣格桑花,谁就能找到幸福。"小冉兴致很高。

萌生

"可现在是冬季哎！早已过了花期，怎么找？"

"这你就不懂了，这里冬季很长，春天四五月份才会来呢，格桑花花期在七八月，可是也不一定准时，推迟半个月也是有可能的，野地里保准会有，或者我们去盆地找找，那里应该比这里暖和得多。"

"这是你想的？"

"嗯。"小冉点点头。

"好吧，你说怎么找？"

"我不知道，现在花都不见一朵，到哪里去找呢？"小冉突然又失落起来，"再说幸福哪有那么容易就被捧在手里的，即使找到了也不知道会发生什么。"

茹雪拍拍小冉说："不打紧，我不也是一样，哪有什么天堂，可能是我瞎想罢了。"

"那个美国人说了，天堂也许在你的心里。"

"可我听不到它的声音，张宇生不也是来这里找寻天堂的声音吗？或许他想要的和我的比较接近。"

"这倒好办了，他不正好在西藏嘛，来西藏必然会到这里（拉萨），我给他打个电话便是。"然后小冉看着茹雪，不说话，只是淡淡地和她对视着。当然，小冉也不知道茹雪脑子里究竟在想什么，只有简简单单地说话时，才能够平心静气地相处在一起，所以她俩从来不讨论张宇生，避免两人之间的尴尬。

电话小冉还是打出去了，因为她觉得只依靠她和茹雪貌似找不到天堂所在，张宇生应该会有办法。这次茹雪也没有反对。

"你们在拉萨？"电话里传来声音，"什么时候来的，怎么不告诉我一声？"

"没告诉你，你不会生气吧？"小冉说。茹雪在旁边看着她。

"你觉得我应该怎么回答呢？茹雪在哪儿？"

小冉看着茹雪说："她就在我旁边。"不待张宇生说话，她就把电话递向茹雪，手停在半空中，茹雪没有接过去的意思。

"你怎么了？"小冉问。

茹雪没有回答，只是缓缓地伸出手把电话靠近右耳，喂了一声。然后电话那头说了好一会儿，茹雪只是静静地听着，半晌才问："找到天堂了吗？"

看来那边的答案是否定的，然后茹雪把电话递给小冉。

"小冉，看来你们来西藏是计划好的，可我就想不明白了，为什么要向我隐瞒呢？如果单单是觉得我烦，那么我可以不打扰你们。"

"没有，你想多了，只是有些事情不愿被提及，我们不希望被打扰而已。你在哪里？"

"玛旁雍错圣湖。这湖是西藏众湖中最神圣的，但我依旧没有听到那独特声响。"

"你们搞得我也想听听那种声音了，说出来别人还以为神经病呢，不过应该没有这种声音吧？"小冉对着电话发起牢骚。

"小冉，和茹雪去神山吧，在阿里普兰，山的名字叫冈仁波齐。"

"冈仁波齐？神山？"小冉念出来，茹雪抬起头看着她。

"对，我明天也过去……"

挂断电话后，小冉对茹雪说："张宇生知道我们也在找寻天堂的声音，他让我们去神山冈仁波齐，他明天就到。"

茹雪不假思索地说："我知道，我们现在就去，天还早，现在去拿行李。"

"现在？那我们晚上怎么办？"小冉诧异道。

萌生

"你忘了,我们不是还带了一顶帐篷吗?今天就派上用场了。"

"你是说野营?这么冷的天?"小冉感到有些不可思议。

"当然,沿途也可以找找你说的格桑花,怎么,你不愿意?"

"当然不是。"小冉说,"我只是觉得有点不妥,万一发生意外怎么办?"

茹雪看着小冉,白皙的脸蛋上划出一道优美的弧线,眯着眼睛,微扬起头看着天空,然后视线滑下来,用斜睨的眼光看着小冉,说:"你害怕了?"

小冉看着这久违的眼神,不知该说什么好,这种拒人于千里又叫人无限着迷的眼神,一下子就把她所有的防线击垮了。想起初次见面时茹雪那孤傲的神情,的的确确具有吸引人的魔力,只不过没有人像小冉和张宇生这样,愿意接触茹雪。所以小冉和张宇生是幸运的,同时又是不幸的,得与失之间谁又分得清呢?既然选择了相信,就应该永远地相信下去。

"好,我们去收拾行李。"

茹雪一下子就笑靥如花地看着小冉,过来挽住她的胳膊,身体靠在她的左臂上说:"我就知道,你一定会同意的。"

27

冬日的拉萨空气格外寒冷,阳光格外强烈,她俩走在人流很少的街道上,脑子里幻想着属于天堂的声音。而小冉脑子里反反复复出现小南庄的模样,也许她觉得那里是人生的开端,是一个神圣美丽的地方,所以才私自把天堂与它重叠在一起,总觉得它们之间有着千丝万缕的联系和隐隐的相似。茹雪当然不会知道

这些,可能小冉是幸运的,有一个美好的童年可以回忆,她呢? 小冉不知道。

　　一个小时以后,她俩背着旅行包出来了。出发永远是愉快的,不管路途上会发生什么,不管将来会发生什么意外,但此刻她俩都乐此不疲。有的人,在过腻了以前的日子后,会去找一个转折点重新开始,向另一段旅途进发。圣经里讲过,人到这个世界上是来受苦的,人都有罪,来这个世界是赎罪的,所以每个人生下来第一件事就是啼哭。这样的说法是真是假,那是科学和宗教的事情,小冉不想探究,但总觉得,所有人都对新鲜未知的事情充满好奇,都会选择一个可以改变生活哪怕改变一时心境的地方去重新出发。而她俩此时正做着这样的事。

　　打车很容易,就是有点贵,但既然来了,就不会吝惜这点钱,毕竟走过去不切实际。讲好了价钱,她俩就坐上车向神山冈仁波齐出发了。司机很健谈,路上和她俩天南海北地海谈,一直从大西北谈到祖国沿海,这些小冉当然不知道,只是听茹雪和司机相互交谈。听了半天,小冉突然觉得自己是多么"贤惠"的女子,从某种程度上说属于那种大门不出、二门不迈的大家闺秀,除了上大学以外,一直待在小南庄那种有山有水的小地方。茹雪问司机:"司机大哥,你在西藏这么多年了,肯定知道哪里最好看吧?"

　　"那是,我开出租车七八年了,跑遍了西藏的每个角落,好看的地方挺多,这不,我们现在去的地方就是很好看的。初次来西藏,首先去拉萨的布达拉宫瞧一瞧,然后去转转四大雪山,九大圣湖中的几处就差不多了,不一定非得看完,西藏这么大,转完得什么时候?"

　　小冉和茹雪对视了一下,感觉司机大哥说得很受用,不过小冉觉得如果没有找到天堂的所在或者听到天堂的声音,那这次算

萌生

是白来了，去不去布达拉宫不要紧，达到目的才是最主要的。

　　路上车很少，司机开得很快，差不多太阳西斜之时，她俩就到了山脚，但依旧看不清全貌，说是山脚，其实离主峰还有几公里远呢。司机临走时，特神秘地说："你们可以去转山，一周差不多五十公里，但一定要用最虔诚的方式，这是神山，有灵性的。"

　　小冉和茹雪连连点头，道了声谢。司机大哥将车调转了个头，然后车屁股上喷着白气，一会儿工夫就消失不见了。

　　"两位吃点儿什么？"一个中年妇女过来招呼道。

　　"先来两碗喝的，要不就来两碗酥油茶吧。"

　　"好嘞。"不一会儿两碗热腾腾的酥油茶放在了眼前，小冉和茹雪馋得吹着气让它快点儿凉下去，然后吃了一点面条，就饱了。吃完饭，伸了个懒腰，茹雪看着小冉的样子扑哧笑起来，小冉纳闷地说："怎么了？"

　　"没什么，只不过你现在的样子很好笑。"

　　"哪里啊？我一点也感觉不出来。"

　　这时手机响了，小冉掏出来一看，对茹雪说："是张宇生打来的。"然后接通了电话。

　　"你们在哪里？我到拉萨了。"电话里传来张宇生喘气的声音。

　　"我们已经到了你说的冈仁波齐山脚了，刚下车一会儿，在吃饭呢。"

　　"这么快？我还以为你们会明天去呢，以为现在赶过来可以见到你们。"他有些失望地说，"那么你们什么时候动身爬山？"

　　"我们什么时候出发？"小冉转过头问茹雪。

　　"一会儿就出发。"茹雪说。

　　"我们一会儿就走。"小冉把茹雪的话传达过去。

"你们晚上怎么办？这么冷的天住哪里？"

"这个没关系，"小冉看着茹雪说，"我们有帐篷。"

"这么冷的天会冻死的，有帐篷万一起风了怎么办？你们想得太简单了。"

张宇生说的正是小冉所担心的，但为了证明对茹雪的信任，小冉毫不犹豫地说："你想得太多了，哪有那么多的万一，既然是神山，我相信神灵会保佑我们的。好了，我们要出发了，先挂了。"

挂掉电话后，小冉笑着对茹雪说："没事了，我们出发吧！"

茹雪看着小冉前后的反应，愣了一下，也没说什么，转身和小冉一起向山峰走去。

她俩在山路上走了半晌，旁边仍旧有人开着车过去。她俩这才知道那个司机嫌山路不好，才不愿继续向前，不过不打紧，她俩步行着，一步一个脚印地向前，如司机大哥告诉她俩的，用最虔诚的方式觐见神山。小冉突然想起仓央嘉措的一首诗：

> 格桑花开了，开在对岸
> 看上去很美。看得见却够不着
> 够不着也一样的美
>
> 雪莲花开了，开在冰山之巅
> 我看不见，却能想起来
> 想起来也一样的美
>
> 看上去很美，不如想起来很美
> 你在的时候很美，哪比得上
> 不在的时候也很美

萌生

相遇很美,离别也一样的美
彼此梦见,代价更加昂贵
我送给你一串看不见的脚印
你还给我两行摸得着的眼泪

想得通就能想得美
想得开,才知道花真的开了
忘掉了你带走的阴影
却忘不掉你带来的光辉

花啊,想开就开
想不开,难道就不开了吗
你明明不想开,可还是开了
因为不开比开还要累

我也一样:忍住了看你
却忍不住想你
想你比看你还要陶醉:哪来的暗香
不容拒绝地弥漫着心肺

　　小冉把目光瞥向向阳的有植物生长的地方,可依旧没有格桑花的影子,或许美丽的事物最容易让人动情,就连传说也变得让人急切起来。或许是奢望,这个季节压根就不会有"美丽"存在,八瓣的格桑花连一点影子都没有。小冉干脆不找了,强求反季节的花开是多么的不理智,还白白给自己心里砌一堵墙。茹雪倒是

144

挺精神,也许对外界环境的喜爱吧,她拿着相机咔嚓咔嚓地拍了很多。看着茹雪,小冉想起和茹雪认识这么久,能翻出的,仅仅是今天上午那一张挂着甜甜笑容的合影,或许这将是她俩青春年华里珍贵的最值得收藏和纪念的东西吧。

茹雪说:"小冉,试着去想象一面湖,湖面上泛着粼粼的光,水中鱼儿自由自在地游来游去,偶尔浮出水面和太阳对视一眼,然后又潜入水底。你撑着竹篙,站在竹排上,在湖面荡来荡去,也可以跃进水里和湖水做一次亲密接触,感受它赐予的温柔。天气很晴朗,天空很蓝,可以是夏天,风和日丽,两岸的树木郁郁葱葱,也可以有一块不大不小的草地,然后到处都是开得鲜艳的黄色小花,蝴蝶飞来飞去,有两个小孩子在那里欢快地捕捉着,可以有飞鸟,也可以有简单适用的白色干净房子,你可以住在那里,不愁吃穿,只要你想到的东西就可以填充在里面……"

小冉看着茹雪,只见她闭着眼睛描述着,脸上泛着甜甜的笑。小冉说:"你怎么突然想这个?眼前看到的和你刚才说的格格不入,你真奇怪了,你是一只会幻想的虫子。"

"是梦想,不是幻想。"茹雪纠正道。

"可我看到眼前的山石,压根就联想不出你描绘的一面湖,更谈不上飞鸟、黄花和房子。"

茹雪耸耸肩,做无奈的表情说:"好吧,那我们坐下来休息一会儿吧,背包里有水和干粮,吃一点吧。"

她俩找了块干净的大石头坐下,长出了一口气,顺便揉了揉发酸的肩膀,没办法,她们的背上起码各有二十斤重的东西,这么长的路,坚持到现在真是不容易。不过她俩情绪亢奋,所以也没觉得怎么累。茹雪躺在石头上,仰面向天,眼睛眯成一条缝,长长的睫毛重叠在一起,然后闭起眼睛,传出均匀的呼吸声,小冉当然

萌生

不会以为她睡着了，只是觉得茹雪倒是挺惬意的。随后小冉也躺下来，和茹雪头对头斜仰着。茹雪在想什么小冉不知道，但小冉可以回忆起刚见茹雪时的情景，印象深刻又了无印象，很矛盾，当时的模样小冉什么也记不清，独独记得茹雪那种气势，至于其他的都忘记了。

茹雪是怎样的人，或许没有人比小冉更了解，从童年记忆中互相嬉戏到阔别十年后的大学重逢，从形同陌路到现在的无话不谈，但小冉依旧捉摸不透茹雪到底是怎样一个人。世界上有两种人，一种性格浅显，心机不深，明眼人一眼就可以看透，即使看不透，相处三两日也一目了然；另一种人性情古怪，行为怪癖，即使与其近在咫尺，相处很久，也不能知其心思，这种人往往是成事者或是"疯子"。茹雪显然是第二种，不是小冉眼力不济，只是茹雪的性情的确古怪得很，有时候会忧伤，有时候比小冉还开朗，有时候会一个人静静发呆，有时候会在人群中穿来穿去。当然茹雪是不是成事者小冉不知道，小冉只是单单地对她看不透，对她有一种无法抹去的关爱，或许是小时候那种植根于心底的情感，以至于见到她依旧无法做到不理不顾。

风吹过脸颊，冷冷的，休息了一会儿，体温也慢慢降下来，睁开眼，太阳有西落的意思。小冉坐起来推了推茹雪说："起来了，天快要黑了，我们要赶在太阳落山之前翻过那个山岭，然后找块安全的地方过夜。"

茹雪一骨碌站起来，拍拍身上的灰尘说："起风了，凉飕飕的，看来今晚会刮风，走喽！"

她俩背着旅行包继续向前走去，只不过路越来越难走，慢慢地她俩开始手脚并用起来，茹雪问道："小冉，你刚才想什么了？"

"没想什么啊。"小冉说。

146

"骗人，一句话不说，也不见你睡着，没有想事情才怪。"

"呵呵……原来是这样啊。"小冉笑道，"我想你了啊。"

"想我？想我干什么？"

"我在想我们刚见面和刚认识那会儿的情景，和现在一对比，觉得有点恍惚，怎么会突然这个样子呢？变化太快了。"

"哈哈哈……"茹雪甜甜地笑起来，"好吧，我们继续前进。"

"那你在想什么？"小冉问。

茹雪停了一下，看着小冉，然后又开始向前走去，说道："秘密！"

"连我也不能说？"小冉用手指头指着自己说。

茹雪狡黠地看了她一眼，向她眨了下右眼，然后又开始继续向前了。小冉当了老实人，茹雪把她骗了。

她俩又爬了一会儿才停下来。看着天边西落的太阳，小冉感觉这次把一年的运动量都超过了，嘴里不住地喘着气，茹雪也是如此。太阳像喝醉了酒的红脸关公，已经开始摇摇晃晃地要颠倒睡觉去了，可她俩离山岭还有一大段路。来不及喊累，又开始向前爬去。这时周围已看不见人影了，他们肯定下山去了。这么冷的天，带着帐篷在山上过夜，脑袋一定被门挤过了，小冉和茹雪就是被挤过的两个二愣青年，可是还自得其乐。

天边没有丝毫云彩，也就幻化不成所谓的晚霞，只是眨眼的工夫，太阳就无影无踪了，然后黑色一点点渗透每个角落。她俩拿出手电筒，加快步子前进，终于在天完全黑的前一刻翻过了小山岭。

"哎呀，走不动了，歇一会儿吧。"茹雪说。

"好吧，我也快不行了。"小冉气喘吁吁地说道。

小冉拿起手电筒向天空照去，茹雪也一样，两条光线越变越大地插进天空的腹中,最后遥不可及了。茹雪扯着嗓子大喊了一声,山谷里传来阵阵回音。小冉拉着茹雪说:“茹雪,风越来越大了,可这儿连一块平地都没有,怎么办?”

茹雪这才回过神说:“这个倒忘了,我们去找找看,天黑,小心点。”

她俩的手紧紧地握在一起,然后小心翼翼地向前走去,直到此时她俩才发现,自己压根就没走对路,只顾一直直行向前,导致现在连一块平坦无风的地方都找不到,天又黑,根本看不到远处,手电光只有十多米的可视距离,又不了解地形,只能磕磕碰碰地胡乱转悠,还得注意脚下,失足掉下去就是神仙也救不了了。

夜,愈黑愈可怕,再加上刮大风,又处在这么一个位置,实在想不出解决的好办法。茹雪把手电挂在脖子上,腾出手来,一只手紧紧地拉着小冉,另一只抓着山石慢慢地向前走。风越来越大,她俩恰巧处在风口位置,山谷里传来呼呼的怪声,好像在警告她俩进入它的地盘。她俩的脸被吹得像打了麻药一样,木木的没有感觉,耳旁只能听到风像野兽嘶叫一样的声音。风呼啸着越来越猛,小冉和茹雪的对话也只能靠大声地吼叫了,稍不注意就会灌进满嘴的风。这种情况下,她俩只能希望风早点过去。

夜,漆黑得像吃掉一切的魔兽,所有的危险都被笼罩在它的淫威之下,漆黑的地方总能滋生这种逆反常理的东西。小冉觉得她俩这次算是彻底悲剧了,除了等待好像别无他法。她俩实在无路可去,况且不知道走到了哪里。

茹雪转过头贴近小冉的耳朵,大声地说:“我们必须找一个背风的地方,这里风实在是太大了,这样下去我们一会儿就受不了了。”

小冉点头同意。茹雪开始向附近的一个山峁爬去,小冉紧跟

其后。小冉想,等过了这个冲风的山峁,找块平坦的地方就应该没事了,结果却出人意料。风是小了点,但没有起什么大作用,找块平地吧,手电筒能照到的地方,也只有她俩现在立足的三米见方的平地,走是不行了,风太大了,待在这里也不是个好办法,只能希望这该死的风早点停息。谁能想到白天那么好的天气,晚上竟然会刮这么大的风,这还不是最要命的,在冈仁波齐峰半腰上,海拔差不多三千米的地方,昼夜温差竟会如此之大,小冉和茹雪的牙齿估计都快上下打战地磕掉了,脚感觉已经不在自己身上了。她俩挤在一个三角形石缝里,茹雪说:"这样下去是不行的,我们会冻死的,背包里有帐篷,我们把它撑起来。"

小冉表示同意,和茹雪一起费足了劲,终于把帐篷撑好,可是风太可恶了,因为地势原因,帐篷无法固定,她和茹雪还没钻进去,帐篷就被卷下山谷了。茹雪看着眼泪都流下来了,小冉想这一切都是命,都是老天在惩罚她俩的擅自做主。庆幸的是,帐篷里的睡袋被装在另一个包里,她俩可以钻进睡袋,勉强躲避一些寒冷。

小冉掏出手机一看,才十一点多,距离天明起码还有七个小时,手电筒的电源倒是足够撑一晚,主要怕到时候情绪会崩溃。小冉想报警,可想想还不如自己慢慢找出路,毕竟在这么高的地方,何况又不知道具体位置。小冉想了想,把电话拨给了张宇生,这可能是目前她最后的希望,她只想让她和茹雪能够安全地离开此地,她不奢望张宇生真的能来这里找到她俩,只是她给自己心里留下一个希望。她把头靠近茹雪说:"我打电话给张宇生,或许他会赶来找我们的。"

茹雪声音有些颤抖地说:"可是他远在拉萨,怎么可能赶过来?"

萌生

"试试吧！"小冉不敢保证。

"小冉，你们在哪里？"小冉打过去电话后张宇生问道。

"我们被困住了，具体位置可能在山腰上。"小冉故作镇定，不急不缓地说着。

"那你们现在是什么情况？"

"风很大，很冷。"小冉侧头看了一下茹雪继续说，"我们的帐篷被风吹走了，现在我们躲在一个大石缝里，这里风稍微小一点，我怕……我怕我们坚持不到天亮。"

"怎么会这样？"电话里张宇生的声音很大，很恼怒，随后小冉听见收拾东西的声音，"我马上就来找你们，你们待在那儿别动，把手电光打亮，我能看得见。"

"嗯，我们等你。"小冉挂掉了电话。

"他要来吗？"茹雪问。

"嗯，他说来找我们。"小冉回答道。

茹雪抿了一下嘴唇，把头低垂下来，像个乖巧的孩子，然后又问："你是不是应该恨我？"

"恨你？怎么会呢？"

"如果我不执意如此，就不会遇到这样的事情了。"

"可能命运如此，谁能想到会发生这样的事呢？我不是在路上也特别兴奋地吵着要爬到顶峰吗？"

茹雪不说话了，蜷缩着身体和小冉紧紧靠在一起，借对方的身体取暖。小冉发现此时她俩的呼吸都是同步的，可能是把自己现在的情形当作绝境吧，所以当处在绝境时每个人都会无限真诚，这倒不是说她和茹雪平时藏掖，而是每个人在处于绝境时都会袒露出心中的那份真诚。

茹雪低声地说："小冉，假如说，我说假如，我们真的要冻死在

这里,你会不会害怕？一定会怨我吧？"

"现在说这些有什么用,不管你做什么我都不会怨你的,你要相信我们一定会没事的,相信我。"小冉把茹雪往自己怀里搂了搂。小冉绝对没有想过有一天她会和茹雪如此近距离地相依为命,但是命运就是如此,即使你永远都不会相信,哪怕重来一回,你还会抱否定意见,可它还是会发生。这可能就是常人所说的命运如此,无法改变。

茹雪依偎在小冉的怀里,双手紧紧地抱着她,说:"小冉,我们都到这个分上了,如果真的这样死了,你会不会觉得很憋屈？"

小冉看着茹雪的眼睛,她水灵的大眼睛一眨一眨的,脸上没有一丝因现在的处境而情绪异常的迹象,小冉倒是很佩服茹雪的勇气。现在小冉不能说不害怕,以前别人经常提起死亡这个词,小冉听了只当是儿戏,没有任何感觉,但现在她自己就面临这样的处境,再说不害怕那纯粹是自欺欺人,这种事小冉做不来。所以小冉现在感到一丝恐惧,这并不是恐惧她就要冻死在这里,而是惋惜自己的大好年华将要在这里枉费。

时间在一分一秒地过去,今晚对于她俩来说,更加验证了爱因斯坦的相对论。现在的时间对于她俩来说是如此的漫长,她俩的嘴唇都有些发白了。小冉清楚,这样下去,她俩注定是等不到张宇生来营救了。茹雪蜷缩在小冉的怀里打冷战,小冉干脆和茹雪紧抱成一团,用书包里仅剩的一块布包住她俩的头,小冉说:"茹雪,现在怎么样？"

"小冉,好冷啊,我都快被冻僵了。"

茹雪说话时上下牙齿磕碰得咯咯响。小冉看着茹雪此时的样子,眼泪一下子就涌出来了,说:"茹雪,张宇生马上就来了,现在都过去一个多小时了,他应该马上就来了。"

萌生

"可是我实在是冷得不行了,有浑身都被冻僵的感觉。"茹雪带着哭腔说,"小冉,可能我等不到他来了。"

"不应该是这样,你知道的,我们的处境都是一样的,还有,你要听到天籁之音的,不应该就这么轻易放弃。"小冉强打起精神说。

其实小冉也很冷,那种感觉就像茹雪说的一样,浑身都被冻住了。但是小冉强装作状况很好的样子,如果现在小冉也表现出软弱的一面,她想也许现在就可以打电话告诉张宇生不用来了,明天直接叫灵车过来就行了。茹雪已经蜷缩成一团了。狂风还在撕裂一切似的猛烈地刮着,夜也是如此的黑,现在的温度起码在零下二十度左右,而她俩又处在这样的位置,不被冻死才怪。

走是没有力气了,现在唯一的希望就在张宇生身上,如果他早来一点或许她俩就能够看到明天的太阳。小冉知道张宇生现在一定是坐车在路上疾驰,算算时间应该马上就来了,小冉希望他马上就来。

为了给自己提起一点精神,小冉再次把电话打给张宇生。小冉说:"茹雪,我打电话给张宇生。"这样茹雪也许会稍微好一点,眨着眼睛看着小冉,然后耳朵附在小冉的脸上听着。

"小冉,你和茹雪从哪一条路上的山,我现在在山脚,手电筒照着显眼的位置,我可以看得见。"

一听这话小冉高兴起来,小冉说:"茹雪茹雪,张宇生就在山脚了,顶多十分钟的时间就来了,我们有救了!"

茹雪也高兴起来,张宇生现在是她俩唯一的希望,她俩从来没有如此依赖过张宇生,就像依赖自己的双手一样。果然,半个小时之后,一个手电光就照在她俩面前的山壁上,汽车也在下面鸣笛着。张宇生背着一个包,手脚并用地朝她俩这个方向爬过

来。小冉用手电筒朝张宇生照着,张宇生大喊了一声,小冉没太听清,但她很兴奋,张宇生给予她俩的喜悦是难以言表的。茹雪也来了精神,比刚才的状况好了很多,她和小冉对视了一下,然后笑了起来。

最后他们回到了山下的汽车里,车里有空调,暖暖的气流,很舒服的感觉,是小冉和茹雪刚才多么希望得到的。不过刚才的一切已经过去,小冉不想回想起刚才的冰冷。

他们商量着打算回去,可是茹雪说:"我们已经都这样了,现在回去岂不是很冤枉,不如明天看完雪山再回去吧,只看一眼也好。"

他们都点头同意,然后躺在车座上舒服地睡着了。

28

第二天,天一亮他们就动身了。茹雪说她身体支撑得住,小冉也感觉可以,所以在吃了早餐之后,就启程了,司机走时把名片给她们,说如果有急事,可以打电话联系。随后他们便开始爬山。现在看昨晚走的路,纯粹就是一条死路,根本就无路可走,难怪会找不到出路。不过庆幸的是她俩都安然无恙。

爬了将近一个小时,等转过一个山头,那惊奇的一幕就展现在了眼前。

终于见到雪山了,他们都激动不已,茹雪眼里闪着泪光,小冉不知道茹雪想到了什么,所以还是不打搅的好。放眼望去,一种震撼油然而生,那山像天地支柱一样矗立在眼前,通体雪白,在阳光下闪着耀眼的光,像一把白色的刀,插进蓝天的腹中。脚下乱石林立,小冉站在一块大石上,对着雪山大声呼喊着,然后眼泪就

萌生

流了下来。

　　想想一路上发生的种种,尤其是昨晚生死线上的徘徊,小冉觉得很幸运,毕竟她俩活下来了。或许他们的经历对于别人来说根本不算什么,但他们三个人谁都不会忘记在生与死之间徘徊的感觉。小冉又想起了一句话:所想的生活再好,也抵不过一片灿烂阳光。是啊,人与人之间所能给予的毕竟是有限的,生活不仅仅需要这些,或者敞开来讲,人活着,就需要阳光般的温暖,无论从生命起源的角度还是其他方面来讲,每个人都需要温暖,这恰恰是阳光所能给予的,就像现在一样,站在大石上,面前是耸立的冈仁波齐雪山,阳光从山顶照下来,像神的预示一样。小冉又想起茹雪和张宇生所说的天堂之音,她想她应该也有机会倾听这种声音,毕竟她和他们一路同行,所有的经历都是一样的,于是她闭起眼睛,抬起头,让阳光直射在脸上,暖暖的,那种感觉难以言喻。风是没有了,说起来,小冉真恨死它了,就是因为它,才导致她和茹雪昨晚那么狼狈,可她还得感谢它,正因为它,才能让她感受到活着是多么幸福的一件事,才能让她现在如此地热爱这温暖的阳光。

　　这里除了他们三人,再也看不到另外的人,其他爬山的人这个时候可能还没出发呢,毕竟这个季节不是很适合爬山。

　　小冉想知道茹雪和张宇生所说的天堂之音到底是什么样的,于是她问他俩,他俩也说不知道,但是可以肯定的是,当听到的时候,就会发现那就是天堂之音。就现在的情形来说,与其说是天堂之音,不如说是小冉在这里体会到了生与死的意义。小冉算是明白了一切。天堂之音,天堂之音……小冉在心里默默地念着,好似从什么地方传来撞钟声,咚,咚,咚……小冉的心跟着一起颤抖,一起跳动。那是小冉心中期盼已久的声音,是她自己内心积

攒了很多年的一种感动。小冉回头看了一下张宇生，他紧闭着眼，什么也没有听到一样，在那儿站着愣神，小冉不知道他想到了什么，只是在那儿站了很久很久……

小冉跟茹雪说决定回去，因为她的目的已经达到。小冉也没有问茹雪有关她的天堂之音。茹雪说和小冉一起回去，看来茹雪的目的也已经达到了，小冉不想过问茹雪的心思，如果愿意，茹雪会和她说的。

张宇生也和她俩同路，在离开西藏之际，他们挥手道别。他们的目的地不一样，张宇生要回家，茹雪说去山西，小冉呢，不想待在一个地方，也不能和茹雪一起，所以就走自己的路。

29

半年之后……

小冉"死了"。小冉离开了她最爱的大学，没有人知道她去了哪里，就那样悄无声息地消失了，像是突然间蒸发了一样，消失得没有一点踪迹。她不想继续在大学的梦里千百回地萦绕那数不清道不明的伤感往事，她依旧想不明白学校里的学子在青春的坟墓里会做些什么，意气风发地挥霍着他们不值钱但与生俱来的青春，然后厌倦了一切，各自为营地摸索着他们的前程？

是的，小冉"死了"，是在别人的心里死了。小冉退学了，退出了他们的世界。因为小冉觉得大学里能学到的东西，社会一个星期就完完全全地教会她了，所以她不想枉费青春。但有些人不这样想，他们认为她是把自己的前途葬送了，没有了文凭，就相当于没有了一切，十几年辛辛苦苦的学习白白糟蹋了。但她不这样想。有些人就是不明白自己想要什么，除了笼统的幸福，或者直

萌生

白地说富有、健康,就什么也说不出来了,甚至有些人白白地浪费一生也找不到幸福的影子,无关金钱地位。

小冉离开后,找了一处比较偏僻的小山村,住进村民为她精心打扫的小房子,虽然有些简陋,但热情和满足洋溢其中。是的,小冉成了这个小山村的一名教师,一个月仅仅是可怜的五百块钱,这是一个他们能支付得起的数字,比起现在社会的繁华程度,这点钱可有可无,但小冉还是收下了,因为她也要生活,在这里她不靠任何人,也不违背自己的想法,凭自己的想法生活着。小冉在这安静的小山村待了将近半年,但并不快乐,因为她不是孤立的一个人,她还有亲人,还有朋友,还有那些挂念着她的人。她刻意回避不去想,只是着眼于眼前的事,和孩子们快乐地度过一天又一天。

突然有一天,村主任带着茹雪走进她的屋子,她看着茹雪,没有说话,可茹雪看了她的模样后,捂住嘴哭了。村主任一看情况不对,就借口出去了,只留下她俩在屋子里。

茹雪说不想待在这里,小冉看见她表情里掺杂着的悲痛,一点一点浮现出来,像海底的游鱼吐了一个小气泡,然后越上升越大,最后变成碗口大小的气团,在水面上开出一朵美丽的水花。小冉带茹雪走出屋子,从山坡上下去,慢慢地走进一片小树林子。天气很好,阳光从林子里钻进来,柔柔地照在她俩的肩上,像镶嵌了珠宝的绸子闪闪发光。已经是入秋的季节,风有点微凉,小冉脱下外套披在茹雪的肩上,茹雪抬头看着小冉,然后很没底气地低下头去,看着自己的步子,一步一步很小心地走着。

"你是怎么找到我的?"

"这个啊?有点复杂,我找你快两个月了。"

小冉停下来,茹雪继续走着,留给她一道清晰而模糊的背影,

直到快要消失在她视野中了,才停下来回头望着她。她慢慢地跟了上去,脚踩在绿草地上,像是在无边的原野中漫步,感觉怎么也走不完那段路,没等她赶上去,茹雪又扭过头朝前走了。

茹雪走路是很小心的,步子很碎,但走得很快,轻飘得像浮走在水面上一样,没有留下任何痕迹。她终于赶不上茹雪的步子了,唤了声:"茹雪,你停下。"然后紧跟了上去。

茹雪背对着她不说话,她只能看着背影。披了外套的茹雪显得比以前硬朗一些,但并没有太大的改变。风轻扬起茹雪的秀发,悠悠然飘起来,像随时会飞走的蝴蝶。她能感觉到茹雪的呼吸,平和中带着沉重的味道。她不能确定发生了什么事,但有种不祥的预感。事实证明了她的猜想。

茹雪忽然转过身,变得一脸笑容,露出一口洁白整齐的牙齿,眼神里透着明澈的光,随着她这一笑,周围的一切都变得有生机起来。小冉俯身坐下,小草软软的,这样轻微的小生命,然而聚在一起,竟能承托起两个新鲜而散发活力的生命体。树林里刮起了轻微的风,吹在脸上有种被抚摸的柔软感觉。树叶子沙沙作响,鲜有几片零星的叶子飘落下来,轻轻地依附在草地上,不发出一点声音。偶尔传来一些不知名的鸟叫和虫鸣,打破这树林的寂静。小冉转过身,背靠着茹雪坐下,靠在茹雪的肩上,有一种被保护的安全感。小冉已经有多长时间没有这种感觉了,这种感觉让小冉觉得世界上一切对于这坚实的臂膀来说都不值一提,尽管这本应是张宇生才能给她的感觉,但小冉在茹雪这里感觉到了。茹雪的头发垂到她的眼前,柔顺而光滑,她不禁喜欢上了这漂亮的发束。茹雪看着她,很小心地开口问道:"这些日子过得还好吗?看起来不错的样子。"

"是啊。"小冉答道,"我喜欢这样的生活,宁静而悠远,我觉

萌生

得这样挺好,谁都打扰不了谁,况且都随了自己的意愿,两全其美的事。"

茹雪瞪大眼睛看着她,然后用手轻轻地拍打着她的背,轻声地说:"小冉,我知道你喜欢这样的生活,但人不是孤立的,我们回去吧,想当初还是你劝我来着,难道你忘记当时你所说的话了吗?"

"我没忘。"是的,小冉没忘记,也不可能忘记那些和茹雪在一起的画面,它们都永久地留在她的心底,无法忘记。此刻小冉听出茹雪话里有话,等待着茹雪说下去。

"我们回去吧。你一个人离开了,对有些人来说是很残忍的事。"

"有些人?那会是谁呢?"小冉问。

"非得问这个问题吗?"

"如果说不出改变我想法的事,我是不会回去的。不过也不一定,也许哪天我腻了,就会回去过原来的生活。"

"哪有你想的那么简单,有些人是等不到那会儿的。"然后茹雪开始哽咽起来。

小冉觉得肯定是在她离开的这段时间里发生了什么事,不然茹雪也不会有现在的心情,但她就是猜不出来,只是觉得在她离开的这半年时间里,一定发生了什么大事情,起码对她俩来说,或者对她自己。

"到底怎么了?茹雪,有什么就直接告诉我,不必藏着掖着,我离开的这半年时间里到底发生什么事了?"

茹雪开始哭起来,晶莹的泪珠从她洁白无瑕的脸蛋上划下两道清晰的泪痕,小冉顾不得替她擦泪,只是一个劲地追问。茹雪的哭声越来越大,胸口起伏着,俨然成了一个泪人。终于她带着

158

哭腔,有些嘶哑的声音说:"你还是跟我回去吧,你外婆已经去世了。"

"什么?"小冉觉得自己没听清楚,但眼泪一下子就流出来了,那两个字眼在她心中的分量太重了,这是她不能承受的生命之重,所以眼泪竟会在刹那间不受控制地流出来。

"是的,外婆已经去世了。"茹雪突然不哭了,用衣袖擦掉脸上的泪痕,变得像什么事也没发生一样,脸上找不到一点悲伤的痕迹,然后眼睛一动不动地盯着小冉看,经茹雪这么一看,不知怎的,她的眼泪也没了,只是心里独留下难以愈合的伤痛,带着悲伤的情绪。

"什么时候的事?为什么这么突然?"在小冉印象中,最后一次见外婆是寒假那次,只是短暂地待了两三天,然后便和茹雪一起向西藏的方向赶去。但那时外婆的身体还算硬朗,怎么会突然就这么急着离她而去了呢?

茹雪看到小冉这个样子,只是摇摇头,没有说话。在小冉追问的眼神下,茹雪说了出来,说的是如此的准确,不差一天。

"三个月零六天。"

三个月零六天,茹雪记得很清楚,这让小冉多少有点感激。可外婆为什么会这样离去,她一时脑子转不过弯来,她接受不了这样的事实。

茹雪走过来抱着小冉,在她耳边低声说:"三个月前,家里来电话,说外婆身体不好,开始断断续续地咳嗽,可外婆说不打紧,所以也没有重视。有一天,就是三个月零六天前,早上村里人不见外婆出来,有人进去一瞧,外婆已经走了,面容很安详,走得很平静,可能是一觉就睡过去了。"茹雪看了看小冉的反应,又开口道:"外婆走时,身边没一个亲人,我觉得这对你来说打击很大,

萌生

她那么疼爱你,你应该在她身边的,即使不能,起码应该回去送她最后一程。不过你也不必太悲观,毕竟外婆不希望看到你这个样子。"

小冉呆呆地站着听,突然感到一丝寒意,然后慢慢地蔓延向全身。小冉说:"茹雪,把外套给我吧,我冷。"茹雪脱下外套披在小冉肩上,双手扶着小冉的肩膀不说话。可小冉还是感觉到冷,比刚才的寒意更强了,身子已开始发抖了,腿有些麻木,小冉使劲地咬着嘴唇,直到渗出鲜红的血迹。茹雪看着小冉,双手把小冉紧紧地抱住,可小冉一时竟感觉不到她体温的存在,唯独觉得这世上只剩有寒意。

不知过了多久,小冉才开口说话。

"我们回去吧。"

"好!"茹雪扶着小冉向来时的路走去。

"我说我们回小南庄吧!"小冉觉得茹雪可能没有听明白自己的意思。

"现在?"茹雪睁大眼睛看着她。

"对,就是现在,我去收拾东西,向村主任说一声,然后我们就走。"

"嗯,好。"

30

村主任听完小冉的话,点了点头说:"我知道我们这小山村是留不住你这样漂亮又有文化的姑娘的,你来的那天,我就知道,你早晚要走的,不过这样也不打紧,你还年轻,有自己的生活,我也不劝你,只是走得有点太急了,要不明天走也行?"

"村主任，真的不好意思，我有难言之隐，我想现在就走。"

村主任看小冉确实有急事的样子，没有执意挽留。小冉和茹雪提着东西，趁着晌午向村头走去。小冉不想向任何人解释，一切对于小冉来说都无关紧要了，小冉现在只想飞也似的回到小南庄，去看看外婆曾住过的屋子、走过的路，甚至外婆所到过的每一个地方，包括坟墓。

天空出奇的湛蓝，像一望无际的大海，只是偶尔飘过一两朵白云。太阳火红，不一会儿小冉和茹雪的头上就冒出了汗珠，茹雪脸有点红晕，但仍专注地看着小冉。茹雪的眼神让小冉得到一时的安慰。因为是山区，这里要徒步十五公里才能到达坐车的地方，而且还得赶上车次，不然就只能等到第二天了。可以想象，茹雪来找小冉已经步行了十五公里，来回三十公里的路程，小冉有点不忍心，但又不得不这么做。小冉归心似箭，茹雪也不会有丝毫的怨言，小冉了解茹雪，了解茹雪理解自己此时的心情。

路确实很难走，何况她俩又带着行李。小冉一眼望去，崎岖不平的小路百转千回，转弯一个接着一个，转过一座小山，另一座立马又堵在眼前，像堵在心头的愁绪一样不肯散去。路两旁有些堆在一起却仍散乱的石块，土墙上明显留下挖凿的痕迹，从那一道道细细的凿痕里，小冉可以看到历史留下的淡淡痕迹，那土香土色的本质生活正是外婆一生最完美的诠释。在外婆生活的世界里小冉看不到一丝浮华的痕迹，或许外婆根本不懂得纸醉金迷的生活是怎样的诱惑人。小冉觉得外婆是多么的幸运和幸福，生活在小南庄，安安稳稳，没有城市生活的纷争。小冉想如果不是生活在这纷纷扰扰的城市，也许自己不会这样愁绪满怀，但事实无法改变，所以自己不得不继续向前，即使这不是自己的本愿，但踌躇不前只能让自己走进一个更深的深渊。小冉只能往前走，茹

萌生

　　雪在前边为她引路,茹雪是她的引路人,起码茹雪经历过的要比她多,而且小冉也喜欢向这样一个心思细腻、处事冷静又安静的孤独的茹雪请教。

　　终于坐上了车,不是小冉和茹雪的速度有多快,而是热心的村主任骑着摩托车送了她俩一程。在这里小冉无时无刻不体会着乡下人善良淳朴的情感,那种言不清道不明的感情深深地震荡在她的心坎里,就像外婆看着她时,慈祥的眼里溢出满满的爱一样。这些爱足以使她一直前行。

　　发动机轰隆隆的声音证明小冉在前进,一点一点地向家乡的路前进。路途很远,汽车在夜色里行驶,像撕碎一块黑幕,然后向黑色更深处驶去。小冉看着车窗外的夜色,心情有些杂乱。茹雪就在旁边,把头靠在小冉的肩上睡觉,胸脯一起一伏,呼吸有些粗重。茹雪一定是累坏了,小冉看着茹雪的脸颊,像瓷器一样洁白无瑕的肤色,嘴角慢慢地洋溢出一丝欢快的笑,像是梦见了开心事一样。小冉把茹雪的手紧紧地扣在手里,茹雪的体温传进手心,小冉顿时觉得纵使失去了一切也不必徒劳地去悲伤,起码手心里握着的也是一个崭新的世界。

　　外面的夜色更黑了,远处的灯光也熄灭了,只有车灯隐隐约约照射着前行,道路两旁的白杨树静立在那里,树叶纹丝不动,静默地像思考着什么。小冉却失去了思考的能力,在座位上发呆,眼睁睁地看着眼前溜过的一切,想要抓住什么,却什么也抓不住,索性倒在靠椅上装睡,一会儿真的睡了。

　　中途换了几次车,然后就坐上开往小南庄的那趟班车。下车后,说不上是什么感觉。小冉的父母来接她,这是小冉两年来第一次见到自己的父母,一时竟没有感到丝毫高兴,感觉父母离自己好远,隐隐中觉得心中有些隔阂,可具体是什么,小冉也搞不

清,只是和父母简单地说几句话,然后朝着外婆的屋子走去。小冉很惊讶,她确实没有从父母的身上找到一点悲痛来,可能父母比她看得开吧,生老病死在父母眼中可能是人之常情。小冉觉得也许有一天自己也会慢慢地习惯这些,直到后来变成冷漠。

当小冉迈进小院的一刹那,一种从未有过的悲伤迎面而来,那些熟悉的物具依旧安静地摆放在那里,暖暖地散发出一丝爱意来,可终于少了外婆的身影。小冉算是明白了什么是物是人非了,然而这种理解伴随着一种阵痛,这种阵痛促使小冉一步一步地成长。

31

外婆的坟茔很新,周边摆满了花圈,小冉想这很适合外婆,外婆爱美了一辈子,这种美也相应地被带进了坟墓。看着这干净简单的坟墓,小冉心中的悲伤也没有先前沉重了,也许这正是外婆希望看到的。小冉想起曾经给过外婆的承诺,再一次陷入了悲痛之中。外婆是注定看不到她最疼爱的外孙女穿上美丽的婚纱了,小冉的眼泪止不住地流了出来。

茹雪过来跪在小冉旁边,使劲地抱紧小冉,然后不断地哭泣。夕阳很美,暖暖地斜照在身上。小冉对着厚重的大山看了看,有些感动袭上心头,最后终于控制不住情绪和茹雪抱在一起放声地哭了起来。

三天后,父亲过来问小冉:"为什么要私自辍学?还消失半年时间?"

"我只想按自己的意愿生活。"

"你太任性了,按你自己的意愿?你以为社会就是你想的那么简单,想怎么样就怎么样?都是你外婆把你惯坏了。"

"你没有资格拿外婆来教训我。"听到父亲拿外婆说事,小冉突然情绪失控地喊了这么一句,然后母亲和茹雪跑了过来。

"你……你这孩子。"父亲气愤地扬起巴掌向小冉扇过来,可最终没有打下去。可能是小冉说中了父亲的痛处,也可能是父亲觉得从小就没怎么给过小冉多少父爱觉得亏欠吧,可到底是什么小冉不愿去想,小冉只知道,在外婆眼中,她比谁都重要,这就足够了。

午饭后,父亲说要翻新一下院子,外婆以前留下的东西大多数要被丢掉,小冉阻止不了,也不愿看着这动情的画面被硬生生地破坏掉,正好茹雪要去学校,也就借口和茹雪一同去。父亲说休学手续十天后替小冉补办好,到时候小冉也可以去学校了。

32

茹雪借故向指导员延长了几天的假期陪小冉。小冉说不必,茹雪却不肯,小冉只好作罢。小冉随口提了下张宇生,想以张宇生的性子现在一定跑来问长问短了。

"他?他现在来不了。"茹雪低声说。

"怎么了?"小冉问。

"我不知道,我们去玩好吗?我带你去一个地方。"

小冉知道茹雪有什么事情瞒着她,可外婆去世的事情对她打击很大,她暂时集中不起来心思去考虑其他,只好随茹雪一起坐车到茹雪所说的好玩的地方。

这里确实很美,山清水秀,新建的房子都采用的是传统风格,置身其中有种置身于历史的错觉,小冉的心情也随之慢慢变得好

起来,这是心思细腻的茹雪刻意的安排。可小冉怎么也没想到茹雪这样做竟是为告知她另一个噩耗做铺垫。

"他怎么死的?"可能是双重打击加在一起,小冉反而感觉不到悲痛了。

"我也不清楚,应该是自杀。从楼顶跳下去的,警察勘察了现场,楼顶只有他一个人的脚印,只是连遗书也没有留一封,事先一点征兆都没有,好像就这么不明不白地死了。他父母来学校的那天,哭得死去活来,想要把遗体带回去,但是却没能如愿,只好带着骨灰很悲痛地回去了。"

"知道具体是因为什么自杀吗? 事先应该有一点征兆的,你怎么就没有发现?"

"我不知道,只是从西藏回来以后,他就好像变了个人似的,见了人也不怎么说话,然后就发生了这样的事。"

小冉盯着茹雪。茹雪没有一丝悲伤的痕迹,可能是掩藏得特别深或者是其他什么,不过她的手在轻微地发颤,她把手尽量缩进衣袖,可还是被小冉看到了。

"什么时候的事?"小冉努力地咽了口唾液问。

"两个月二十六天前。"

"为什么记得这么清楚?"小冉想起外婆去世的事情。

"这也没什么,不知怎的就记下了,然后忘不了了。"

"哦。"小冉应道。然后低下头继续走路。

茹雪开始说一些小冉听不懂的话,可能小冉没有心情仔细听,茹雪的声音也就慢慢地变得模糊不清了,不过茹雪要表达的意思小冉大概懂了。天突然阴起来,好像要下雨的样子,她俩顺便买了两把伞撑着。河水很清,流量也不小。她俩边走边随意地看着,这里游人很多,老人、孩子,还有年轻的情侣甜蜜地站在一

萌生

起。小冉知道自己和茹雪谁也没有心情看这些。突然刮起了一阵大风，她俩的头发被风扬了起来，茹雪的裙摆也跟着飞舞起来，大约一分钟后，风突然停了，静静的，像从来没有发生过一样，只是片刻的工夫，豆大的雨珠从天穹发疯似的掉下来，然后响起了轰隆隆的打雷声。

这场雨好大，大得暂时阻断了小冉和茹雪的对话，不过也不影响，她俩该说的已经说完了，即使没有说出来的，心里也明白了彼此的意思。别人都躲雨去了，她俩却站在原地，撑着伞，静静地看着一切。雨确实很大，只一会儿山沟里就涌出了一股股黄色水流，翻卷着奔向远方。大约半个小时后，雨才淅淅沥沥地停了。人们才开始走出来和她俩一样站在岸边，看着这场泛滥的洪流。

小冉和茹雪站在岸边，洪水发出振耳欲聋的声音，一卷一卷地翻滚着向前流淌，有人顺手捡了块石头扔下去，溅起一大片水花，但那水花的颜色是黄的。或许小冉早已习惯看这"动人"的景观，但是那些伤痛却不肯离去，哪怕一点一丝地溜出她的世界。小冉不懂，为什么一个人苦心经营或真诚期待了那么久的事情到头来依旧难偿所愿，或者以一种对立的、让人无法接受的结局上演，即使善良了那么久，那么虔诚地相信生命的本源，也无法换回"公平"的对待，所以小冉不再抱有任何希望。

茹雪回头看着小冉，脸上露出了甜美的笑，除却别人，也只有小冉才能看出这笑里面的哀伤，那种惨淡的表情一缕一缕地渗透到小冉的生命里，让小冉难受，或者痛不欲生。小冉只是强忍着活着，因为这世上对小冉来说最重要的东西离去了，去了小冉永远也找不到的地方，所以小冉觉得没有存活的意义。但小冉还是强忍着，或者说接受这种痛苦的折磨。茹雪不是小冉，她眼睛里全是水，小冉知道那是泪，是没有决堤泛滥的江河，那张让小冉自

愧不如的美丽脸庞,幻发的那一丝明澈的光,是小冉前进的方向。

茹雪依旧甜甜地笑着,可是小冉哭了。茹雪没有安慰小冉,那张脸庞是最好的疗伤药,小冉只是不争气地哭着。过了好一阵,茹雪对小冉说了最后一句话,也成了茹雪生命里的绝唱。茹雪说:"我爱你,小冉。"小冉只是看着茹雪不断地抽泣着,突然茹雪转身决然地向下跳去,是的,是向眼前的洪水跳下去,小冉瞬间就蒙了,只看见茹雪的身影在空中划出一道优美的弧线,然后插进洪水的心脏。周围的人都慌乱了,有人大声地喊着、有些人尖叫着试图去救起那美丽的生命,更有一些小孩子吓哭了。小冉却呆呆地看着,茹雪的身影随着洪流一下子就飘出好远,转瞬间就看不见了,可是小冉的脚步没有移动。小冉理解茹雪这种结束生命的做法,只是小冉痛不欲生,身体的每一处都在发疼。

"我爱你,小冉。"这句话一直回荡在小冉的生命里,这辈子都不会消失,那张永恒的灿烂笑脸将永久存留在小冉的脑海里,成为烙印。小冉的眼泪比刚才更大地往下流,但小冉依旧没有发出声音,哪怕眼泪泛滥成一条河流,甚至盖过眼前的这场大洪水。小冉只是转过身,艰难地迈着步子,向前走去。

他们永远地存活在小冉的生命里,依旧散发着青春的活力,依旧如鲜活的记忆一样永葆青春,永远活在生命的十八岁。

小冉只是走着,不知该到哪里,似乎这个世界没有可以去的地方,大白天她的眼睛突然就失明了般,什么也看不见,脑子里只有她和他们一起走过的青春,一刹那就全部过去了。人会在经历一件事后彻底地改变,而小冉的青春就在茹雪刚才那一跳里彻底地过去了,只是一刹那……